日本人が世界に尊敬される

「与える」生き方

曽野綾子
ケント・ギルバート

ビジネス社

はじめに

天皇陛下のご即位を広く世界に披露する「即位の礼」も無事終わり、いよいよ本格的に「令和」の時代が始動しました。東京オリンピック・パラリンピックの開催も間近となり、これからは日本という国が改めて国際社会での注目を集めるようになるのではないでしょうか。

しかし、新しい時代となっても、抱える問題は山積みです。人口減少と高齢化の問題は、日本が今後直面する最大の試練でしょうし、個人的には憲法改正の行方も気になります。また、日韓関係の悪化や中国の尖閣諸島への思惑、北朝鮮の核ミサイル問題など、近隣諸国との緊張もかつてないほど高まっています。日本の安全保障に対する姿勢や危機管理能力が問われるところです。

この混迷の時代、私たちは何を考え、どう生きたらいいのでしょう。

そんな問いに答えるべく、本書では、作家の曽野綾子さんとの対談が実現しました。曽野さんは、人間や社会に対する深い洞察力で、数多くの作品を生み出してこられました。また途上国での援助活動をはじめとする豊かな国際経験もお持ちです。そして、国籍こそ違いますが、私と曽野さんは、共に日本を愛する二人でもあります。

国の総合力を表すものに「国力」という言葉があります。評価の指標は「経済」「資源」「人口」「軍事」「宗教」と様々ですが、私はそこに「歴史と伝統」「文化」の項目も必要だと考えています。

そして日本はこの二つの項目で、間違いなく世界で群を抜く力を持つ国です。何より、その歴史や文化の中心に「天皇」という唯一無二の存在を抱くことで、日本は他国にはない独自の精神性と魅力を保ち続けてきたのです。

本書では、その天皇制についての考察から始まり、戦争と平和について、アジア諸国との関係について、また望ましい個人の生き方とは何かなど、多岐にわたるテーマで私と曽野さんの対話をお届けします。

ここだけの話や本音、それに知っていそうで知らなかった話など、ご期待に添える内容になったかと思います。ぜひ最後までおつき合いください。

私のような若輩者の愚説に、辛抱強く耳を傾けてくださった曽野綾子さんに感謝申し上げます。

二〇一九年一二月

ケント・ギルバート

もくじ

第一章

天皇を中心として、心を合わせる日本人

第二章

平和は積極的につかみ取るもの

第三章

あらゆる文化を飲み込み、調和させる日本人

第四章

日本人が世界に尊敬される「与える」生き方

第五章

日本はアジアでの存在感を示すべき

第六章

「令和」の時代を誇り高く生きる

第一章

天皇を中心として、心を合わせる日本人

「令和」の始まりと万葉集

ケント　世界中からお客さまをお招きして「即位の礼」が行われたことで、天皇陛下という存在が、改めて注目されるようになったと思います。日本は、これからまた新しいスタートですね。もっとも「令和」という元号は、もうすっかり書き慣れましたが。

曽野　「令和」の典拠は『万葉集』だそうですね。漢字が簡単で、何より響きが美しくていいじゃありませんか。もっとも私は西暦派で元号は使わないんです。そのほうが人の年齢でもなんでも計算がしやすくて楽ですから。

ケント　そうなんですよ。元号を西暦に変換するには、大正の場合は十一をプラスすると西暦の下二ケタになる。昭和は二十五を足せばいい。と、僕もここまでは覚えたんですが、平成になるとどう計算するか、もうわからない。令和になってもっとわからなくなりました（笑）。だから今は対照表を作って事務所の壁に貼ってあります。

曽野　面倒なようですが、私と違って、日本人のなかにはいろいろな思い出を元号ごとに心に刻んでいらっしゃる方もいます。西暦だけが採用されるようになったら、それはそれで寂しいかもしれませんね。

ケント　これまでの元号はすべて中国の古典からでしょう。それが、曽野さんがおっしゃったように、初めて『万葉集』という国書から引用された。僕はそのことがとてもよかったと思うんです。そもそも若者は、自国の古典文学を知らない人が多いんですね。しかし『万葉集』は、安倍首相も記者会見で「わが国の豊かな国民文化と長い伝統を象徴する書」とおっしゃいましたが、日本人が誇りとしていいものですよ。そんなこともあって、書店に関連本が並ぶなど、たいへんなブームになりました。これを機会に興味を持つ人が増えるのは素晴らしいことじゃないでしょうか。

曽野　ケントさんは昔からお読みになっているんですね。

ケント　はい。僕は本格的に日本に住む前、アメリカの大学で日本語と日本文学、それからアジア関係論を学んでいました。その時、さすがにまだ日本語の原文では読めなかったんですが、英訳されたものを読んだんです。その英訳にはドナルド・キーン先生の序文が付されていました。

曽野　私の世代ですと『万葉集』の一部は、戦時中に学校で暗唱させられました。たとえば、海犬養岡麻呂（あまのいぬかいのおかまろ）の「御民（みたみ）われ　生ける験（しるし）あり天地（あめつち）の　栄ゆる時に遭（あ）へらく思へば」。これは「天皇陛下の民である私は生きている甲斐がございます。天地の栄えるときに生まれあわせたのだから」というような意味です。

それから、大伴家持の「海行かば水漬く屍　山行かば草生す屍　大君の辺にこそ死なめ顧みはせじ」。ケントさんはご存知かどうか、「海ゆかば」という軍歌の歌詞になったものです。「海で水に漬かる屍になろうとも、山で草むす屍になろうとも、大君、つまり天皇陛下のおそばで死のう、決して後ろを振り向きません」と、そんな心情です。こうした歌を歌って、特攻隊が出撃していったんですね。軍歌に使われたと知ったら、奈良時代に生きた作者は驚くでしょうけれど。

ケント　特攻隊といえば、若き特攻隊員とその恋人の悲恋を描いた三枝成彰さん作曲のオペラがあります。「ＫＡＭＩＫＡＺＥ～神風～」という作品で、経営コンサルタントの堀紘一さんが書かれた本を原案にしたものです。これに、曽野さんもよくご存知の、僕が所属する「六本木男声合唱団ＺＩＧ-ＺＡＧ」が出演するというので、その英語字幕を頼まれたことがあったんです。けれども、出てくる日本語の深い意味を英語で表現することがすごく難しい。たとえば「桜散る」とあっても、それをそのまま英語に翻訳しては意味が通じないでしょう。

曽野　「桜散る」は、命が終わることですからね。

ケント　「桜の花びらが地面に落ちた」という話じゃない（笑）。そういう日本人独特の表現をどう伝えるか、とても苦労しました。

曽野　しかも、ただ「散る」のではなく「散らされる」。そして、そのことを自ら承服した上での死というニュアンスも含まれます。

ケント　そのへんが僕のような外国人には非常にわかりにくいところなんです。「散らされる」のは、先ほどの万葉集に出てくる「大君」のためでしょう。日本の兵士たちは、本当に天皇陛下のために死んでいったんでしょうか。

曽野　皆が皆「天皇陛下万歳」と言って命を落としたとは思えません。なかには「お母さーん！」と叫んで死んだ若者も多かったはずです。この「大君」という言葉には、家族や恋人、友人、恩師、それに故郷やそれに連なる国土といった、自分が守りたい大切なものすべてがひっくくるめられていたように思います。

ケント　それは、言い換えれば「国体」という言葉にも通じますね。辞書を調べれば、国体とは「天皇を中心とした秩序のこと」とあります。でも、これも日本独自の非常に概念的なもので、英語圏の人間にはわかりにくいんです。一応英語にも「national polity」という相応の言葉があるんですが、誰かが使っているのを見たことも聞いたこともありません。ですから、僕もまだ日本についてよく知らなかった頃は、「国体」というものを守るためになぜ日本人が命を投げ出してまで戦ったのかがずっと疑問でした。その疑問は、第二次世界大戦で日本と戦った連合国側も同じだっただろうと思います。

昭和天皇とマッカーサー

ケント　連合国は「国体」＝「天皇そのもの」だと考えたんですね。日本人が死をも恐れず戦ったのは、天皇を守るためであり、天皇に命令されたからだと。たとえるなら、天皇は絶対的な独裁者で、日本人はその天皇に盲目的に従うカルト集団のようなものだと誤解していたわけです。

しかし本当のところは、天皇が独裁者として戦争を主導し、命令を下していたわけではない。確かに戦前の大日本帝国憲法では、天皇は主権者として一切の統治権を意味する天皇大権を持っていました。ただ実際には、それを勝手に行使できるのではなく、臣下が決めたことを承諾する立場でしかなかった。そうした事情はアメリカもよくわかっていなかったんですね。

曽野　ですから、きわめて政治的に戦後、昭和天皇の戦争責任が問われたわけです。

ケント　一九四五年八月十五日に戦争が終わり、その翌月九月十日には、天皇を戦犯として裁くという決議案がアメリカ議会に提出されました。ところが、これに反対したのがＧＨＱ（連合国軍最高司令官総司令部）の最高司令官だったダグラス・マッカーサー元帥でした。もちろん彼一人の考えではなく、ボナー・フェラーズ准将など周囲のブレーンからの情報やアドバイスが影響しました。

曽野　あれは的確な判断でした。マッカーサーという人は、読みの深い人ですね。万が一天皇陛下が殺されるようなことがあったとしたら、日本人は決してそれを許さなかったでしょう。占領軍の飲み水に毒を入れるぐらいのことはしたかもしれません。何を毒と解するかはわかりませんが、手段を選ばず報復しただろうということです。でもそれはテロ行為です。お互いの国にとって何の得にもなりません。

ケント　そんな緊迫した状況のなかで、九月二十七日、天皇陛下がマッカーサーに会うためにアメリカ大使公邸を訪ねました。その時行われたのが、お二人が並んだ写真でも知られる歴史的な会見です。

曽野　陛下は「戦争に関する一切の責任は私にある。責任を負うべきは私一人だ」と述べられた。ご自身は極刑に処されてもいいというご覚悟だったのでしょう。

ケント　はい。続けて、衣食住もままならない国民を救ってやってほしいというようなこともおっしゃったそうです。この会見の詳しい内容に関しては議事録もないし、その場にいた通訳の証言もありません。

マッカーサーは後に、かつて戦いに敗れた国の元首が、このように一切保身のない言葉を述べた前例はなく、その勇気ある態度と真摯な人柄に骨の髄まで感動し、天皇の戦争責任を追及しないことにしたと回想録に記しています。

曽野　その回想録がかなり話を膨らませたものだったとしても、それが結果的に両国のためになるならいいじゃありませんか。

ケント　まさにそう。先ほども曽野さんがおっしゃったように、得になるかどうかなんですね。日本人は戦争に負けてもなお天皇を崇拝し、天皇という大黒柱のもとに一つにまとまれる国民です。ということは、天皇を生かしておいたほうが占領統治がしやすく、またアメリカにとっての国益にもなる。その国益とは、日本をソ連や中国に対する緩衝地帯になるような平和的同盟国にすることでした。

曽野　その意味では、マッカーサーは外交の天才だったんですね。

ケント　ええ。相手を叩き潰したところで遺恨を残し、損をするだけです。その場は百歩譲っても、後に何が国にとっての得策なのかを考える。それが外交の基本です。では、天皇は利用されたのかというと、それも違うと思います。GHQの占領期間中、マッカーサーと昭和天皇はさらに十回もの会談を行っていますが、その議事録は機密扱いになっています。友情とまでは言いませんが、結局、両者は良き協力関係にあったんじゃないでしょうか。

曽野　運命を分け持った二人ということだと思います。

田園調布にもあった空襲

ケント　戦時中やその前後、天皇や皇室に関して特別な感情をお持ちでしたか。

曽野　終戦を迎えた年、私は十三歳でした。まだほんの子どもですから、何か特別な思想があったわけじゃありません。

当時私は、カトリックの修道院が経営する聖心女子学院というところへ通っていました。

校長先生はドイツ人のシスターで、他にもイギリス人、アメリカ人、オーストラリア人などのシスターがいらっしゃるような学校です。そんな環境でしたが、日本的なものの考え方は決して否定されませんでした。「国際的であろうとするなら、その国の人として立派な人間であれ」が聖心の教えだったからです。

あの頃日本の学校には、御真影(ごしんえい)といって、天皇皇后両陛下のお写真が下賜されたのですが、聖心でも大切に掲げていました。御真影は、「ミニ伊勢神宮」とでも言ったらいいんでしょうか、小さなお社の形をした奉安殿に収められていたんです。私たち生徒は、チャペルでお祈りもしますが、両陛下の御真影の前でも必ず一礼することになっていました。それが習慣でしたから、両陛下を敬うのはごく当たり前のことでした。

ケント　へえ、カトリックの学校にも御真影があったんですね。初めて聞きました。では、戦争中も東京にいらしたわけですね。

曽野　ええ。今も住む大田区の田園調布におりました。このあたりは、東京でも西南の端っこに位置する住宅街です。私の家から十キロメートルも行かないうちに多摩川にぶつかり、向こうは神奈川県。敵もわざわざこんなところを爆撃しないだろうとみんな思っていました。ところが実際は違っていて、何度も空襲を受けたんです。

当時、連合軍の爆撃機は、富士山を目標にして日本にやってきました。その爆撃機の姿がレーダーで捉えられると警戒警報のサイレンが鳴り響き、さらに富士山を右折し東京方面に向かったとわかると、今度は空襲警報に変わります。

夜中、闇をついて「ウーーー、ウーーー」という警戒警報のサイレン音が聞こえると、私は母に叩き起こされ、寝間着を着替えて防空壕に入るんです。次の空襲警報が鳴るまでだいたい三時間くらいは時間があるんです。母はその間にご飯を炊いて梅干しの入ったおむすびを握って、それをザルに入れて防空壕に運んでいた。空襲がいつまで続くかわかりませんから、そうやって準備をしておくんですね。空襲警報が解除されれば家に戻れるんですが、そのうち私は面倒くさくなって、毎晩服を着たまま防空壕で寝るようになりました。

ケント　防空壕はどこにあったんですか。

曽野　庭です。コンクリートで造った本格的なもので、四畳分くらいの広さはあったでしょうか。

防空壕のなかで体を固くしていると、いよいよ敵機が近づいてくるのを報せる空襲警報が鳴り、ラジオからは「帝都上空に接近中」の声が繰り返し流れてきます。やがて「グワーッ」というアメリカの爆撃機の轟音が聞こえてくるんですが、何度も空襲を体験するうちに、それが下町のほうへ向かっている音か、こちらに向かっている音か、大して耳がいいわけじゃない私でも聞き分けられるようになっていたんですね。「来る！」と思ってから、こちらに直撃するかどうかわかるまでの四秒か五秒の間が、なんとも言えず恐ろしかった。死の予感がするんです。いっそ何も知らないうちに死んだほうがましだと思いました。

ケント　爆撃機はＢ29ですか。

曽野　そうです。いちばん多かったのはＢ29爆撃機です。爆弾が雨のように降り注いできて、建物や地面に落ちると火の粉が散らばってメラメラと焼け広がるんですね。家に火がつくと、隣組の消防団のおじさんたちが一生懸命バケツリレーで水をかけるんですが、なかなか消えるものじゃありません。

ただ、幸いだったのは、田園調布はどの家も隣の家との境が条令で生け垣か石垣に決められていたので、燃えやすい板塀を使っていなかったため類焼を免れたことです。このあたりは、大正時代、渋沢栄一がイギリスの都市計画を真似して開発した宅地です。町の美観を守るとかの町内会の規定があり、板塀は禁止されていたのが幸いしたんですね。

Ｂ29だけではなく、グラマン戦闘機に攻撃されたこともありました。ある日私が庭にいたら、警戒警報も空襲警報も何もなく、突然グラマンがわが家の屋根スレスレのところから現れたんです。そして、はっきりと私めがけて機関銃を撃ってきた。パイロットの顔が見えたくらいですから、超低空からの狙い撃ちです。中学生の女の子を狙うなんて信じられないでしょうけど、本当です。角度を誤ったのか弾は逸れましたが、生きた心地がしませんでした。

ケント　えー、それはひどいなあ。

曽野　何度も死ぬかと思いましたよ。でも、いちばん凄まじかったのは、一九四五年の三月九日から十日にかけての東京大空襲でした。一夜にして十万人が亡くなったそうです。私の家のあたりの被害もひどく、うちから三百メートルしか離れていないところにあったパン屋さんが直撃を受け、一家九人が即死しました。五百キロ爆弾だったそうです。パン屋さんがあったところには、地面に大きな丸い穴が開いていました。

お気の毒でした。今はもう別の家になっていますが、今でも近くを通りかかるたびに胸が痛みます。戦争は、五十センチ右に立っている人が撃たれて殺され、五十センチ左に立っていた人が生き延びる。そこに理由はありません。因果応報でもないんですね。十二歳の子どもだって明日生きていられるかどうかわからない……。そう思いました。

ケント　いやあ、壮絶な体験ですね。僕は一九五二年の生まれなので、小学生の時はちょうどキューバ危機の頃でした。ソ連からの核ミサイル攻撃があるかもしれないということで時々防災訓練をしましたが、防災訓練と言っても学校が早く終わって家に帰るだけ。ただ、街中に非常時の備蓄品を置く施設があり、そこに核のマークがついているのを見てドキッとした程度です。

戦後闇市と農地改革の関係とは？

ケント　終戦も東京で迎えられたんですか。

曽野　それが、東京大空襲の一か月後に、父と母の三人で金沢に疎開したんです。あと少し待てば戦争が終わったんですけどね。八月十五日、玉音放送と呼ばれた天皇陛下ご自身のお声による終戦宣言は、そこで聞きました。

その時ちょうど私は、母に頼まれてお豆腐屋さんに行くところでした。当時は配給の大豆を一合持っていくと、お豆腐一丁と引き換えることができたんですね。お鍋に大豆を入れて玄関を出ようとしたところを、特別な放送があるらしいからと引き留められました。

放送が始まったのは、正午きっかりです。天皇陛下の「おことば」によってお声を聞いたのは初めてでした。でも何を言っていらっしゃるんだかわからない。母に尋ねたら、ひと言、「戦争が終わったのよ」という言葉が返ってきました。

それを聞き、私は何を思ったか、突然服を着替え始めたんです（笑）。戦時中は、いつも地味な服ばかり着ていました。少しでも派手なかっこうをすると、「ほしがりません。勝つまでは……」という標語さえあって、近所の意地悪なおばさんに叱られたんです。ですが私は、上海帰りの父の知人からいただいた英国製の上等なキャラコのブラウスを一枚だけ持っていました。もちろん着る機会はないんです。でも空襲で焼けてしまったら悲しいでしょう。だからリュックサックの一番下に入れて、いつも持って逃げていたんですね（笑）。

終戦がわかった直後、初めてそのブラウスに袖を通しました。そしてお鍋を抱え、母の言いつけ通りお豆腐屋さんへ行きました。おかしいでしょう。一張羅を着てお豆腐を買いに行ったの。

ケント　いいお話ですね。その時のお気持ちは？

曽野　特別悲しくもないし、嬉しくもない。ただ、なんて言うんでしょう、自分をグルグル巻きに縛り付けていた何かから解放されたような、さっぱりとした気持ちでした。その一週間後くらいだったでしょうか。東京の家へ戻ってきました。わが家は古い木造でしたが、奇跡的に焼けずにそのまま残っていました。

ただ、戦中もそうですが、戦後帰ってきてからたいへんだったのは、食べ物がなかったことでしたね。母と二人でよく千葉や神奈川の農家まで買い出しに出かけました。買い出しといっても現金ではなく、着物と食料を交換するんです。うちでは母が着物を先方にあげて、代わりにお芋や卵をもらいました。ずっしり重くなったリュックサックを背負って歩く帰り道の遠かったこと。田舎の道というのは、どういうわけだか、たいてい真っ直ぐな一本道で電柱が十三本見えるんです。ああ、あの十三本目まで歩けば駅に着くなと思うでしょう。ところが、歩いても歩いてもまだ十三本見えるのね（笑）。いやになっちゃいましたよ。

ケント　めちゃくちゃ長い道だ（笑）。

曽野　あとは闇市ですね。うちからだと同じ東横線の都立高校（現・都立大学）という駅まで行くと、そういう場所があって、食料品から日用品まで何でも揃っていました。お米なんかの配給はありましたが、配給だけで生き抜くのは困難でした。闇市は違法でしたが、食べていくためには仕方ない。その頃、ある判事さんが、正式な配給だけで生きようとして餓死したというショッキングなニュースもありました。いくら悪法とはいえ、法律を守る立場の人間が闇の食料に手を出すわけにはいかなかったのでしょう。

ケント　戦後はアメリカ国内でもしばらく配給制が続いたと聞いています。ヨーロッパへも物資を送っていたし、マッカーサーからの要請で急遽日本にも食料を送ることになったからでした。それは先ほどお話しした「日本国民の衣食住を救ってほしい」という天皇陛下のお申し出を受けてのことだったと思います。

曽野　脱脂粉乳やとうもろこしの缶詰。当時の子どもたちは、アメリカから届いたものをありがたくいただきましたよ。

ケント　ところで、闇市では食料でも何でも普通の何倍もの価格で売られていたんでしょう。だから自分のところで採れた野菜などを売った農家の方は、けっこう潤ったそうですよ。一九四七年にGHQの指示で農地改革が行われ、大地主の持っていた土地を政府が買い上げて小作人に売りました。その際、小作人である農家の方々の七割は、借金ではなく現金一括で買うことができたといいます。

結果としてそれがよかったと思うのは、コミンテルン（国際共産主義運動の指導組織）

による、日本を共産主義国家にするというたくらみが完全に失敗に終わったことです。共産主義者たちは「地主が小作人を搾取している。立ち上がれ！」と農民を動員して、革命を起こそうとしていたんです。でも農民が満足してしまったから、そんな主張ができなくなった。危ないところでしたよ。

進駐軍という〝遠来の客〟たち

曽野　前にもお話ししたように、私の住んでいた田園調布という街は、大正時代、イギリスの都市計画を真似して開発された分譲地です。元々麦畑だったところを造成して駅を中心に放射線状に広がる宅地を作り、そこを区画別に売り出したわけです。

私の家族が葛飾区からこの地に引っ越してきたのは、私が三歳の時でした。同じ会社が開発した分譲地は、目黒区の洗足にもあったんです。母は本当はそちらを買いたかったらしいのですが、探した時はもうすべて売れた後。仕方がないから、まだ売れ残っていたこちらに決めたそうです。昔からの高級住宅地だった麹町や麻布には土地を買えない若い夫婦でも買えたくらいですから、さほど高級というわけではありません。ただ当時の高級官吏や大学教授、退役軍人といった知識人も多く住む街でした。

戦後、この街にも進駐軍が出入りするようになりましたが、うそか本当か、おもしろい話を聞きました。そうした住民が自分たちの手で駅前の花壇を整備しようと、花の苗を持ち寄って駅前のロータリーに植えていた。そこへたまたま進駐軍の軍人さんがやってきて、道を尋ねたんだそうです。すると、みんなが口々に英語で丁寧に教えてくれたんです。アメリカ人は、目の前にいる土にまみれた人々はてっきり庭師だと思っていたので、「日本では、ガーデナーまでクイーンズ・イングリッシュを話すのか！」と驚いた、という笑話があります。

ケント　アメリカ人はそのくらい日本のことをまるで知らなかったんです。日本人を野蛮な人種と勘違いしていた。それがそうではないことを思い知らされて、多分、驚きの連続だったでしょうね。

曽野　それから、うちは違いますが、このあたりの立派なお宅は、進駐軍の家族の住宅として何軒かが接収されました。そうなるとアメリカの方たちは住みやすいようにリフォームされるんですが、なかには床の間をトイレにされてしまった家もあったそうです。面積がちょうどいいのね。

ケント　それはひどいなぁ。そうした進駐軍の軍人と直接かかわることはあったんですか。

曽野　当時、私の叔父が箱根の富士屋ホテルの経営にたずさわっていました。そのホテルは進駐軍の第八軍に接収されて将校用の宿になっていたんですが、私はそこでしばらくアルバイトをしたことがあります。アルバイトと言っても、英語の勉強になるだろうというくらいの軽い気持ちでした。インフォメーションセンターに座って案内係をしたのですが、英語は聖心で勉強していただけですから、ネイティブの方を相手に、とてもまともにしゃべれていたとは思えません。

それでも、ホテルの仕事は楽しかった。ヘレン・ケラーさんがいらしたこともあるんですよ。ヘレン・ケラーさんがいらした時は、日本人従業員みんなで歓迎の歌を練習してお迎えもしました。こうしたホテルでの体験を基に後に書いたのが、私の『遠来の客たち』という小説です。書いたのは二十三歳の時で、この作品が芥川賞候補になり、私の小説家としてのデビュー作となりました。

ケント　そうでしたか。箱根の富士屋ホテルは僕も泊まったことがあります。クラシカルで良いホテルですね。小説も今度ぜひ読ませていただきます。

天皇陛下は「元首」か「象徴」か

ケント　八月十五日の玉音放送の話も出ましたが、日本人はラジオで天皇陛下の「おことば」を聞いただけで素直に敗戦を受け入れ従いました。戦争中、あれほど貧しく苦しい思いをして、普通ならクーデターや排斥運動が起こってもおかしくないのに、国民は天皇を敬愛し続けたんですね。

そこまで国民に影響力を持つ天皇の存在は、連合軍にとってやはり脅威なんです。戦後、アメリカが作成した日本国憲法で天皇を「象徴」と規定したのも、それまでの大日本帝国憲法にあったように「元首」と位置づけてしまうと、天皇のもとで日本人がもう一度結束し、再び極端な軍国主義に走るんじゃないかと懸念したからです。特に極東委員会（日本占領管理に関する連合国最高意思決定機関）は大反対だったでしょう。ただ一方で、占領統治をスムーズにするには天皇の権威も必要じゃないですか。そこでマッカーサーたちがひねり出したのが「象徴」という言葉だったんだと思います。

曽野　「象徴」というのはわかったような、わからないような言葉です。でも、曖昧さも人間性の一要素ですからね。その時点ではいい判断だったのかもしれません。

ケント 確かになかなかおもしろい妥協案です。ただ、法律家の立場から言うと、「元首」を指定しないのは、憲法としては重大な欠陥なんです。どんな組織も代表者は必要で、それは国も同じです。トップが誰かわからないのは、対外的にも失礼なんじゃないでしょうか。たとえば、イギリスの「元首」は国王、現在はエリザベス女王で、政治の実権を持つのは首相でしょう。それと同じで、日本の天皇も実質的には「元首」なんですよね。

曽野 では、ケントさんは、「元首」に変えたほうがいいとお考えですか。

ケント うーん。難しい。以前、外交評論家の加瀬英明さんと対談させていただいたことがあるんですが、その時、「象徴」でなければ何と表したらいいかお尋ねしました。加瀬さんがおっしゃるには、天皇は「元首」は「元首」だけれど、もっと重い存在だと。だから「常に国民と共にいる」とか「最も尊い存在」などといった言葉がいいんじゃないかということでした。でも、それってさらに曖昧なんですよ（笑）。

で、いろいろ考えた結果、憲法を改正するとしても、やはり「象徴」という言葉は残すべきなんじゃないか。ただし、「元首であり象徴である」としたらどうだろうと。それが今のところの僕の考えなんです。

曽野　私は物事にはすべて中心が必要だと考えています。天皇家が「象徴」として日本の中心の立場を取ってくださることで、この国はどんな時もぶれずに様々な問題に立ち向かってこられたのだと思います。対外的には明らかに「元首」なのでしょうが、日本人としてはやはり「象徴」という言葉をなくしてほしくはありませんね。

ケント　神武天皇を初代天皇と考えれば、日本の国体は約二七〇〇年も続いてきたわけです。これほど長く「国体」を保てたという事実だけ見ても、日本人にとって天皇陛下や皇室がいかに大切な存在だったかがよくわかります。日本国憲法は、日本政府の意向を無視して、ＧＨＱがたった九日間で草案を作り上げたもの。いわばアメリカに押しつけられたものでした。けれど、「元首」か「象徴」かの議論は別として、その第一条に天皇陛下についての項目が残されたのはよかった。僕も長年日本で生活するなかで、日本という国の根幹には、やはり天皇陛下の存在がなくてはならないことを実感するようになりました。

震災や水害、火山噴火など、日本は大きな災害に何度も襲われています。天皇陛下はそのつど被災地をお見舞いされました。そして床に膝をつき、一人ひとりと目を合わせてお話しされた。被災された方々が涙を流して喜ぶ姿を見ると、やはりこちらも感動し励まされるんですね。

平成最後の二月十一日の建国記念日には、千葉で行われた明仁天皇のご在位三十年を祝う提灯行列にもお招きを受けて行ってきました。「天皇陛下万歳！」と叫ぶ人のなかには、若い世代もたくさんいた。天皇陛下を尊ぶ気持ちは、世代を問わず日本人のなかに根づいているのだと確信しました。

上皇陛下と上皇后陛下の素顔とお人柄

ケント　曽野さんは、上皇后さまと個人的なご親交があると聞きました。

曽野　上皇后さまは、私が通っていた聖心女子学院の三級下でいらしたんです。聖心の小学校は一学年五十人しかいなくて、全校生徒が集まっても三百人。毎週月曜日にはその全員が参加する集まりがありましたので、学年が違っていても皆さんの顔や名前はだいたい覚えてしまいます。ですので、正田美智子さんというお名前だけは存じ上げていました。そんなご縁もあって、皇室にお入りになってから時々ご連絡をいただくようになりました。

ケント　御所をお訪ねになるんですか。

曽野　そういうこともありましたが、たいていは、葉山の御用邸でのご静養中、三浦半島にある私の家に、上皇さまとご一緒にお訪ねくださるんです。私は田舎暮らしのエピソードを何でもお話しするんです。

私のところは、御用邸からは車でだいたい三十分くらいの距離。海と大根畑に囲まれ、地元の人の半分は農家で半分は漁師をやっているような、のどかな田舎町です。

両陛下がいらっしゃると聞くと、私の友人などは「あなた、度胸があるわね。『吉兆』（老舗料亭）でも呼ぶの？」なんて言いますが、とんでもない。お出しする食事は、たいてい近所で採れた大根の料理や、近くの漁港に揚がった魚の煮付けのような素朴なものばかり。しかも、うちには板前はおりませんから、私の手料理です。わが家の場合、食卓から歩いて三歩で台所です。「今、魚を煮てまいりますから」と立って、私がお話ししながら中座して煮るんです（笑）。だってほら、煮魚というものは、あまり味が染み込み過ぎては美味しくないでしょう。外側は甘辛く、身は白く。ですから前もって煮ておけないんですよ。

ケント　へえ。曽野さんはお料理もお得意なんですね。

曽野　私にとって人生でいちばん大切なのが小説を書くことだとすれば、二番目は人に美味しい手料理を食べてもらうことです。長年ごく普通の暮らしをしてきましたから、両陛下には、その「普通」をお見せするだけです。

ケント　両陛下とはどんなお話をなさるんですか。

曽野　私からは立派なことは何も言いません。わが家の夫婦喧嘩の話や、大根の値段が上がっただの下がっただのの景気の話。それに「今年は、ご近所さんが、農協の旅行でみんなでヨーロッパへ行くんだと張り切っているんですよ」といったたわいない世間話もよくします。庶民の暮らしをお伝えするのが、私のささやかな役目だと思っているんです。両陛下は、どんな話にも耳を傾けてくださいます。まさに「民のかまど」の精神をお持ちです。

ケント　「民のかまど」は、仁徳天皇の逸話ですね。民のかまどから煙が立ちのぼらないのは、人々がかまどで炊くものもないほど貧しく、困っているからではないかと、三年間年貢の徴収をしなかった。つねに国民のことを思い、国民に寄り添おうとする天皇の姿を表しています。

曽野　ご夫妻がわが家へいらっしゃる途中の農道で、近所の農家の方がアッと気づいてご挨拶するでしょう。すると上皇さまはわざわざ御料車を止めて、車のなかから作柄などを気さくにお尋ねになるそうです。そういうお人柄が、皆を幸せにしてくれるのだと思います。

夫が亡くなり、いつもの席が空いてしまってからは、私の仲のいい友人を呼んでご一緒するようになりました。いつだったか考古学者の吉村作治さんに来てもらったんですが、あの方、お話しがざっくばらんでしょ（笑）。「しかし、陛下はテレビで観るよりずっとステキな方ですね」なんて言っていらっしゃる。そんな気楽な感じもお二人はお楽しみになったようです。

御所のお住まいのほうにもうかがったことがありますが、こんなことを言ったら失礼かもしれませんが、私たちの家と似たようなご生活ぶりです。応接室の窓から御所にいる野良猫がひょっこり顔を出すなど、私たちの家の風景とあまり変わらない。「今、帰りましたよ」と陛下が帰宅された時のご様子など、内心「あら、うちの亭主とそっくり」と思ったくらいです（笑）。

美智子さまは金婚式の会見で、上皇陛下のご性格の魅力を「誠実、謙虚、寛容」と述べられましたが、上皇陛下はまさにそのお言葉通りの方。博識でありながら、それをひけらかさず、尊大さはみじんもありません。「英邁（えいまい）」とはまさに陛下のためにあるような言葉だと思います。

美智子さまとは、渋谷の書店にいらっしゃれるように、ご用意したこともありました。

美智子さまにとっては身分を隠してのお忍びのひとときでした。本当はもっと自由に楽しんでいただけるといいんですけれどね。

ケント　僕もこれまで複数の皇族の方々にお目にかかる機会がありましたが、みなさん、本当に高い教養をお持ちの上に親しみやすい。特に今の天皇陛下は、英語も完璧です。「六本木男声合唱団ZIG-ZAG」のコンサートに来てくださったことがあったんですが、たまたま司会を仰せつかった僕が英語でくだらないジョークを言ったら、すべて理解して笑ってくださいました。嬉しかったですね。

天皇陛下の即位後初の国賓として、二〇一九年の五月にトランプ大統領が来日しましたが、その時の両陛下の接遇ぶりも素晴らしかった。特に皇后雅子さまがいきいきと輝いていらっしゃいました。実はうちの妻は雅子さまの大ファンなんですよ。

曽野　そうですか。雅子さまはこれからどんどんご活躍されると思いますよ。

ケント　それにしても、安倍総理は、なぜトランプ大統領を最初の国賓に選んだのか。総理にお目にかかる機会があったので直接尋ねたところ、「アメリカは日本の唯一の同盟国だから」というお答えでした。確かにそうだなと納得しかけましたが、考えてみたらその理由だと政治利用になってしまいますよね。ただ、その約一か月後に大阪で「G20サミット」が行われてトランプ大統領は再び来日しているわけですから、もしそのタイミングで両陛下と会見をするとしたら、それこそ紛れもない政治利用です。そうならないように絶妙に時期をずらすとは、安倍さんもうまく考えたな、と。まあ、偶然かもしれませんが。

曽野　政治家は裏の裏まで読めないと困りますからね。

日本の伝統と文化を引き継ぐ皇室の役割

曽野　皇室では古くから養蚕が行われているのをご存知ですか。

ケント　なんとなく聞いたことはあるくらいです。そもそも養蚕とはどんなものですか。

曽野　蚕を飼って、その蚕が吐いた繭から絹糸を作る。日本の古くからの産業です。その養蚕を、皇居の敷地内でやっていらっしゃるんですね。これは歴代の皇后陛下が代々受け継いできた伝統で、「皇后御親蚕（こうごうごしんさん）」と呼ばれています。

私も美智子さまのご案内で、皇居の森にある「紅葉山御養蚕所」を見学させていただいたことがありました。そこでは「野蚕」と呼ばれる野生種をはじめ、合計で約十二〜十五万頭の蚕を飼育しているんです。なかでもたいへん貴重なのが「小石丸（こいしまる）」という品種だそうです。古くからある国産の純粋種で、吐く糸はいかにも野生のものらしくプツプツと節があり不均一で、他にはない趣を持つものだといいます。ただ、飼育が難しく経済性に欠けるという理由で、明治以降はだんだん淘汰されてしまったんですね。その代わり、遺伝子組み換えでいろいろな種類を掛け合わせた交雑種が、今の養蚕の主流になったそうです。

皇室でも「小石丸」は一時飼育中止になりかけたんですが、美智子さまのご意向で生産を続けていらしたそうです。するとある時、その「小石丸」から採れる絹糸が正倉院の古代裂(だいぎれ)の復元や絵巻物の修復に必要なことが判明したんですね。新しい糸では、どうしてもあの風合いが出せないんですって。そんなわけで、皇后ご在位中、美智子さまは本当に熱心に養蚕の作業をされていました。「ぜひ見ていってください」と、私に皇居内養蚕の経緯も説明してくださいました。

ケント　「御養蚕始の儀」などの言葉は知っていましたが、単なる形だけの行事ではなかったんですね。

曽野　そうなんですよ。あまり知られていませんが、日本の伝統をこうして皇室が守り続けていらっしゃるんですね。令和の時代になって、今度はその役割を新皇后陛下の雅子さまが受け継がれるんでしょうか。

伝統の継承は、伊勢神宮でも行われています。二十年に一度のご遷宮では、社殿をすべて新しく建て替えるでしょう。その時、烏帽子などの衣装もすべて作り替えるのだそうです。社殿の建て替えには、屋根葺きや宮大工などの高度な技術が必要だし、衣装の作り替えにも、やはり生地を織る、染める、縫う……などの特別な技が必要です。

こうした伝統的な技術は、放っておけば廃れる一方です。けれどご遷宮という祭儀があるからこそ、その技は職人の親から子へ、親方から弟子へと代々受け継がれ、後世に残すことができる。二十年に一度というのは、そうした技を引き継ぐのにちょうどいい間隔なんでしょう。それから、一度の御遷宮に使われる木材は一万四千本近くと言われますが、そうした木材も二、三百年先までちゃんと手当てができるように森林の整備ができているそうです。つまり、必然的に自然環境保護ができてしまうんですね。伊勢神宮の存在は、日本の文化・伝統、それに古来からの日本の風景を守るシステムでもあるというわけです。素晴らしいと思いませんか。

ケント　たった二十年で壊すなんてもったいないと思っていました。でも単に浪費しているわけじゃない。そこには深い意味があったんですね。

「万世一系」の奇跡

ケント　日本の皇室は、世界で唯一、男系男子によって受け継がれた一つの系統が約二七〇〇年も続いている「万世一系」です。けれどこのところ皇室が男系男子に恵まれないことから、女性天皇や女系天皇を容認するか否かの議論が起こっています。女性天皇や女系天皇とはどういうものなのか。これを混同されている方もいるようです。

まず女性天皇は、男性天皇や親王（現在は、秋篠宮文仁親王、悠仁親王、常陸宮正仁親王）のもとに生まれた皇族の女子が即位することを指します。過去十代八人（二人は二回即位）存在しました。

女系天皇は、性別にかかわらず、女性天皇と結婚した夫との間に生まれた子が即位することを指し、日本では先例がありません。過去の女性天皇は、未亡人だったか、未婚のまま即位し在位中は結婚しなかったため、亡くなった後は再び男系に戻ったからです。

過去十代八人存在した女性天皇は、いずれも男親をたどれば初代の神武天皇にたどりつく男系です。そのため、過去百二十六代すべての天皇が「万世一系」の男系ということになるわけです。

さて、曽野さんはどうお考えですか。女性天皇や女系天皇を認めるべきでしょうか。

曽野　私は反対なんです。「女性」だからとか「女系」だからという理由ではありません。世の中には、変えないほうがいいこと、変えてはいけないことがあると思います。この問題もその一つで、今までやってきた通りにやるのがいい。そこには深い理由があってそこに落ち着いたのだし、それが人間にとっていちばん疲れず安らかです。それに、伝統は継続そのものに意義があるとも言えます。変えないことによって、不思議なことにそこから新しいものが生み出されることもありますしね。

ケント　僕も変える必要はないと思うんです。野党はなぜ変えたいと言っているのかな。

曽野　民主主義とはそういうものだと思っているのでしょう。

ケント　それじゃあまるで皇室が民主主義に反しているみたいですよね。でも皇室は二七〇〇年間を通してずっと民主主義でしたよ。明治天皇だけは実権を持ってしまったので異質でしたが、古来、天皇と政治は別で、独裁を行った天皇は一人もいない。推古天皇の摂政を務めた聖徳太子が「和をもって尊しとなす」と十七条憲法に書いたように、日本は古くから人々との和を大切にしてきたんです。

本当に存続の危機が危ぶまれるようなら、旧宮家を復活させたらどうでしょう。戦後、マッカーサーは天皇陛下はそのまま残したものの、皇室については弱体化させるような政策をとりました。そのため、昭和天皇ご一家と秩父宮、高松宮、三笠宮の三直宮家（昭和天皇の兄弟）以外は皇籍離脱を余儀なくされた。その時離脱した宮家は十一もあるんです。その復活すれば、皇室典範を変えなくても、皇位継承資格者は増えるんじゃないでしょうか。

曽野　伝統を変えないとしたら、それも視野に入れるべきなのかもしれませんね。

「天皇」を知るのは、日本を知ること

ケント　ある笑い話があります。海外に留学した日本人学生が、現地で外国人何人かとルームシェアをしました。壁に浮世絵のポスターを貼ったら、外国人の学生が「広重だね」と言ったそうです。日本人学生は、それに何て答えたと思います？　「違う。浮世絵だよ、浮世絵」（笑）。外国人のほうが詳しかったんですね。

こんな話からもわかるように、残念なことに、日本人は自分の国を知らない人が多いんですね。海外に行くとみんなが普通に会話のなかで自国の文化や伝統、歴史について語る

でしょう。でも自分だけ何も話せない。それで初めて「もっと日本のことを知らなきゃ」と思う人もいると聞きます。

これまでの本でも書き続けてきたことですが、僕は、そうなってしまった原因の一つは、戦後、占領下の日本においてGHQが行った「WGIP（ウォー・ギルト・インフォメーション・プログラム）」にあると考えています。これは、戦争についての罪悪感を日本人に持たせるためのプロパガンダでした。戦争に負けた日本が二度とアメリカに逆らわないように、「自分たちは悪いことをした」という自虐意識を植えつける洗脳工作なんです。

それに併せて、教育や公的行事での神道的な内容も徹底的に禁じました。プレスコードという報道の検閲も行われ、そのなかには「神国日本の宣伝」という項目もありました。

そんなわけで、皇室や天皇について学ぶことは、一種のタブーになってしまったんですね。また、そうしたGHQの洗脳を日教組が盲目的に信じてそのまんま実行したものだから、学校でも『古事記』や『日本書紀』に書かれた神話を教えなくなった。ですが、天皇とはどんなものかの知識がなければ、日本の歴史や文化、伝統の成り立ちはわからない。だから日本人は、自分の国を語れなくなったんじゃないかと思うんです。

曽野　フィクションだからいけないのではなく、神話は神話としてただ教えればいいんです。私たちが他の国を知ろうとする時は、まずその国の宗教の理解に努めるでしょう。それは文化人類学や比較文化研究の視点からも大切なことなんです。神話もそれと同じです。

ケント　おっしゃる通りです。とにかく、日本は神話の時代も含めると約二七〇〇年という長い歴史が続いてきた唯一無二の国です。その歴史の縦軸である天皇とはどんな存在なのか、どんな役割を担ってきたか。令和の時代に入ったことを機会に、若い人にはそういうことにもっと興味を持ってほしいですね。

曽野　皇室があるということが、国家としての魅力と尊厳をどれだけ高めてくれているか。そんなことにも気付くべきじゃないでしょうか。

第二章

平和は積極的につかみ取るもの

日本人は平和ボケか

ケント 日本との先の戦争では、アメリカは勝つには勝ったものの本当に苦戦しました。戦略的にはおかしな部分も多かったけれど、戦闘では、日本軍は恐怖を覚えるほど強かった。そんな日本が二度と刃向かわないようにするために、アメリカは日本国憲法を作ったと言っていい。簡単に言えば、日本を弱い国にしたかったんです。第九条で軍事力を奪ったのもそのためです。だから「平和憲法」と言うけれど、そうじゃない。あれは「平和を願う憲法」なんです。

曽野 おかげで日本人も観念的平和病になりました。そして、願っているのは誰かと言えばアメリカです。

ケント 前述の「WGIP（ウォー・ギルト・インフォメーション・プログラム）」で、日本軍はこんなにひどいことをしたんだと、日本人に罪悪感や嫌悪感を植えつけましたからね。そういう自虐史観で、日本人を軍事アレルギーにしたんです。つまり、目的は、国民に武力を通じて日本を守ることは悪だと信じさせることでした。

曽野 小説家の立場から言えば、いくら戦いはいやだといっても、人間の本性のなかにはおそらく本質的な残酷さや闘争本能があるものです。きょうだいだって、お菓子一つを取り合って喧嘩するでしょう。人間社会は、悲しいけれど、基本は闘争なんですね。けれどその闘争心をもっと高級な理由を使っておさめていくのもまた人間なんです。ケンカするのは、関西の言葉で言えば「しんどいことだ」ということも知っていますからね。そこをはき違えて、最初から世界は平和だと考えるのは大きな勘違いです。

ケント　そう、平和ボケです。平和ボケを簡単な英語に訳せないんですが、あえて訳すとすれば、「自分を含めて誰も何もしなくても、ずっと今の平和が続くと勘違いしている人たち」でしょう。今は平和だと思っているかもしれませんが、曽野さんがおっしゃるように全然平和じゃない。それにたとえ平和に見えたとしても、それがずっと続く確証は何もない。だからダブル勘違いなんです。

実際、北朝鮮は核開発を行い、日本に向けてミサイルは発射するし、拉致被害者は帰さない。韓国はまた竹島に上陸しました。ロシアとも平和条約を結んでいませんが、ロシアはまだいい。問題は中国ですよ。今はアメリカとの貿易戦争で追い詰められていますが、軍事費は日本の四倍で、ものすごい勢いで軍拡を進めています。いざとなったら何をするかわかりません。

曽野　私は一時、日本財団（日本船舶振興会）で働いていたことがあります。そこで海上保安庁の少し立ち入った情報も知ることができたのですが、一時期は北朝鮮の不審船がどんどん入ってきて深刻な状況でした。最近は尖閣ですね。

ケント　尖閣諸島には、今、軍艦も含む中国の公船が我が物顔で押し寄せています。そのうち沖縄でさえ自分たちの領土だと言い出しかねません。こんな状況なのに、「何もしなくていい、むしろ何もしないほうがいい」なんて言うのはやっぱり平和ボケですよ。

曽野　時代はいつも弱肉強食だということがわかっていない。心で平和を願い、口で平和を唱えれば叶えられるというのは、戦後教育のたわごとです。

ケント　その教育のせいで、日本人の多くが、戦後の日本が平和だったのは憲法第九条のおかげだと固く信じています。でも、戦争がなかったのは単なる奇跡。現実問題として日本を守っているのは、九条ではなく、日米安保条約でありアメリカなんです。

ただ、これからもアメリカが一方的に日本を守ってくれるのが当たり前だと考えるのはおかしな話です。どこの国だって、自分の国は自分で守るべき。アメリカの若者が、安保条約があるからといって、日本のために死ぬでしょうか。それは逆の立場になってみればわかることです。自分で自分の身を守る気がない遠い国の人々のために、日本人はわざわざその国まで行って血を流せるだろうか。戦うことを放棄した国の人間に、「日本が私たちの国を守ってくれるのは当たり前でしょ」と言われたら、「冗談じゃない」と怒りますよね。日本はもっと自立しなければいけません。

以前『朝まで生テレビ！』に出た時、司会の田原総一朗さんも「自分の国を自分で守るのがモラルだ」とはっきり発言したことがありました。それで、憲法を改正したほうがいいかの議論になると、出演者十三人中の十一人が「その通り」と答えたんです。ちゃんと議論すればみんなそういう結論に達するはずなんです。ただ、二人だけは反対でした。

曽野　そういう人に限って、「どうせ誰も襲ってこない」などと言うんでしょう。浅はかですね。

ケント　東大の名誉教授がそう言いました。襲ってきても抵抗しなければ大丈夫とか言う人もいますね。

曽野　小さな範囲で言えば、誰だって自分の子どもは自分で守るでしょう。国を守るのは、それと同じことです。

ケント　そう。子どもを守らなければ虐待です。だから国民を守らないのは、国家レベルの虐待に等しいんですよ。

曽野　ありがたいことに日本は比較的犯罪の少ない国です。けれど、地球上の多くの土地で、人々は平和とは縁遠い生活をしています。そこには泥棒や強盗もいれば、スパイもテロリストもいる。何より、今晩食べる物のない人や、子どもが熱を出してもアスピリンを買うお金のない人もいる。そんな国の人は、国のなかに悪人がいるのだから、外にもいると考えるのが常識です。ですから警察と軍は、国家にとって当然なければならない防衛機能なんです。みんなでただ平和を望めば、平和になるわけじゃありません。

戦争にならないための抑止力

曽野　日常生活のレベルで考えても、家一軒構えているなら、最終的にその家を守るのは自分しかいません。しかも家のなかにいたままでは難しい。一歩前に出ないと守れないところがあるんですね。たとえば、自分の庭はどうせ草ぼうぼうだからかまわないと、柵も結わずに放っておけば、子どもが勝手に入ってきてケガをすることもあるでしょう。そうなったら、責任を問われることだってあります。だから、あらかじめ柵を結うなり何か防衛するべきで、そんなことは二千年前の「ミシュナ（ユダヤ教の口伝律法）」にも書いてあります。

ケント　それ、すごく大事なポイントですね。玄関まで敵が来てしまったらたいへんだから、もっと前にフェンスを作る。それが抑止力です。敵が家に入ってきてから慌てて戦うより、そのほうが経済的にも安く済むんです。

曽野　そういった抑止力がないのが、今の日本ですね。竹島も北方領土も他国が支配しているような部分がある。

ケント　そう。だから安保法制の審議が行われていた時、僕はフェイスブックに書きました。「戦争反対に賛成。だから安保法制に賛成」と。ケントもいよいよ左翼に改宗したのかと思われました（笑）。もちろんそうではなくて、抑止力が必要だということです。ちなみに僕は「右」でもなければ「左」でもない。中道だと思っています。

さて、いくら「泥棒反対」と言っても、柵や鍵のない家には泥棒は簡単に入ります。僕だって戦争は嫌いです。でも、「戦争反対」と叫んでいても、これまで僕たちが話してきたように世界は決して平和ではなく、戦争に巻き込まれるリスクは減らないじゃないですか。だから当面は憲法解釈の枠内で、戦争を仕掛けられないように、自衛隊や在日米軍、平和安全法制などを通じて敵をけん制する抑止力を高めておくことが大切だと思うんです。

ただアメリカに頼るだけじゃなくてね。

これは日本だけの問題ではありません。NATO（北大西洋条約機構）は日米同盟と同じく第二次世界大戦が終わってすぐにできた体制ですが、そのNATOの国々もアメリカに頼り過ぎなんです。戦争でヨーロッパも日本も疲弊し、経済力があったのはアメリカだけだった。だからアメリカが主導権を握り、多くの人とお金を提供しました。ところが今や、ヨーロッパの国々はアメリカと同じように裕福でしょう。日本もそう。ある意味アメリカより上かもしれません。それなのに、今もアメリカだけが負担を背負わされているわけです。

それでトランプ大統領が、就任してすぐにNATOの首脳が集まる席で不満を爆発させてしまったんです。「あなたたちいつまでアメリカのスネをかじっているんだ」「そこのドイツ！　いつまで防衛予算をGDPの一・二パーセントのままにしておく気だよ」と。外交用語もへったくれもなし（笑）。ヨーロッパの首脳陣はもうびっくりして、そこから防衛費を上げ始めたという経緯があります。アメリカ以外の国は、2016年から2020年まで防衛費を1300億ドル程度増やす見通しですが、防衛費が目標のGDP2パーセントを達成している国は九か国だけです。

アメリカは同様のことを、本当は日本にも言いたいんです。でも、言えない。なぜなら、軍隊を持ってはいけないという憲法を作ったのはアメリカ自身だからです。だから憲法を改正しろとは言い出せないんですね。ただ、日本のなかでも良識のある人は、いつまでもこのままではダメだということはちゃんとわかっているはずです。

曽野　人間というものの本質を見つめた時、軍備を持たない平和は、悲しいことに机上の空論になるんですね。適切な軍備を持ち、その上で戦争を避けるのが人間の知恵というものなんでしょうね。

交渉の裏には武力も必要

ケント　以前、奈良県で行われた、北方領土を考えるという講演会に呼ばれたことがありました。参加した中学生三人が自分の考えを作文に書いて発表する時間もあったんですが、そこで気付いたのは、彼らの作文のなかに「交渉」という言葉が多いことでした。

曽野　要するに問題を解決するには粘り強く交渉するしかない。武力を使ってはいけないということでしょう。日教組の教育が行き届いていますね。

ケント　そうなんです（笑）。しかし、いったん領土を取られたら、いくら交渉しても戻ってこないのが現実です。それで僕は、「二島返還プラスα案」について話しました。歯舞と色丹の二島は取り戻し、国後と択捉に関しては今後五十年間の共同開発や日本人の自由往来を求めたらどうだろうと。するとその後の質疑応答の時間に、やはりというか、参加していた大人の男性から、「最初から二島をロシアに譲ってしまうのでは、交渉にならないじゃないか」という意見が出ました。

実を言うと、僕はこういう考えが甘いと思っています。交渉とは譲歩も含めたもので、一切譲歩しないという態度では、交渉にはならないんです。この問題は、戦後七十年以上やってきてずっと膠着状態でした。少しでも前に進めるためには、とりあえずいったん損切りするしかありません。交渉とはそういうもの。全面勝利にはならず、半分負けなんです。

しかもこうした交渉には、武力を行使する用意があるという姿勢を見せないと迫力がありません。二島返還も難しいかもしれないんです。「交渉、交渉」と言っていれば平和的に聞こえるかもしれません。でも、こういう現実をもっと知ってほしいと思いました。

日本が自立すべきだというのは、アメリカとの同盟をやめろということではありません。

世界のなかで一国で戦っているのはスイスくらいで、あとは自分の国を守るために、基本的には他の国と同盟を結んで協力し合っています。ＮＡＴＯもそうですし、アメリカもいろいろな国と同盟を組んでいます。ただ、そうした同盟を結ぶなかで、「日本はアメリカを守らなくていいのに、アメリカは日本を守るべき」という片務的防衛義務はやはり異常だということです。

曽野　それでも憲法改正までにはなかなか至りませんね。

ケント　憲法改正を心配する人は、アメリカが他国に対して起こす戦争に巻き込まれるんじゃないかとよく言います。でも、たとえアメリカに参加してくれと頼まれても、日本の国益にならないと判断すれば、断ればいいんです。断ることができないんじゃないかと思うのは、日本がアメリカに対して恐縮しているからだと思うんです。

曽野　同等な貢献をしていないという負い目からでしょうか。

ケント　そうだと思います。だからこそ同等の力を入れて日米同盟を強くする。そうすれば、いやなら正々堂々断ることができます。

曽野　「ノー」と言える日本にならなきゃいけない。

ケント　はい。まず、防衛費を今の一パーセントからせめて二パーセントに引き上げる。

それから、相手に攻撃されてから初めて軍事力を使えるという専守防衛の方針を見直し、そのための法的整備と訓練を行っていく。そうすることで、アメリカと日本はやっと「ノー」が言える同等なパートナーになるのではないでしょうか。

ホルムズ海峡防衛を巡る問題

ケント　今問題になっている中東・ホルムズ海峡の防衛に関しては、まさに日本の問題です。アメリカはホルムズ海峡警備のための有志連合構想（海洋安全保障イニシアチブ）を同盟国に呼びかけました。実際、二〇一九年の六月には、日本の石油タンカーが攻撃を受けています。日本の原油の六十二パーセント、中国の原油の九十一パーセントはホルムズ海峡を通過して運ばれているのですから、いつまた同じような事件が起こるかわかりません。

曽野　自分の国のことは自分で守らなければいけない。基本はそうなんです。

ケント　その通りです。逆にアメリカはエネルギー自給率百パーセントで、中東から石油を輸入する必要がない。それなのに、この一帯をこれまでアメリカがずっと警備してきたわけです。アメリカとしてはやはり違和感がある。二〇一九年六月二十四日にトランプ大統領は、例によってツイッターで「アメリカがなぜ無償で他国の船を護衛しなければならないか。自分の国は自分で防衛するべきだ」と発信したんです。アメリカはアメリカで、今、イランの核兵器開発を阻止するために最強レベルの経済制裁を行っているところで、それにより中東情勢は確かに緊迫しています。でも、それはまた別の話です。

曽野　日本は有志連合とは別に、独自に中東へ自衛隊を派遣する方針を固めました。

ケント　それは当然だと思います。これまでのＰＫＯと違って、今度は自分たちの国の国民を助けるためだからです。ただし、イランに配慮して、ホルムズ海峡は自衛隊の活動地域に含まれないことになりました。日本の船舶が攻撃されるなど不測の事態には、海上警備行動を発令して武器の使用も認めるようですが、どこまで具体的な行動をとれるのでしょうか。

一方、アメリカの呼びかけにドイツやフランスは不参加を表明しましたが、イギリス、オーストラリア、バーレーン、アラブ首長国連邦、アルバニアが参加を表明。当初の構想より規模を縮小して、二〇一九年一一月八日に、「番人（センチネル）作戦」活動を開始しました。中東の緊張が高まるなか、動向が注目されます。

憲法第九条改正でやっと占領が終わる

ケント　今の日本の自衛隊は、装備や訓練を見れば立派な軍隊です。でも、憲法では軍隊と認めていませんから、自衛官は軍人ではない。政府見解では文民でもないそうです。だとしたら自衛官とはいったい何者なんですか。

曽野　公務員でしょう（笑）。

ケント　そうなんですよ。だから給料も公務員の規定と同じでしょう。でも、それじゃダメですよ。アメリカでは軍人には危険手当や特別な医療保険、また家族のための配慮や退役してからの教育手当など、いろいろな優遇措置があるんです。国のために働いてくれているんですから、そのくらいは当然です。

ところが日本の安全保障を担う自衛隊は、予算不足で制服や装備、弾薬が十分に買えない。挙句に、基地のトイレでは、トイレットペーパーさえ常備されていない。国防ジャーナリストの小笠原理恵氏は『自衛隊員は基地のトイレットペーパーを「自腹」で買う』（扶桑社新書）という本を書きました。基地で使うトイレットペーパーさえ、自腹で用意しなきゃならなかった。ひどいと思いませんか。国会でも問題になったので、最近は少しは改善されたでしょうか。

曽野　それは本当におかしくてひどい話ですね。トイレットペーパーくらい公費で買ってください（笑）。

ケント　また、隊友会という自衛隊退職者の会の集まりに参加したんですが、私と同じテーブルに現役の自衛隊員がいらっしゃいました。見慣れない制服を着ていたので「ステキですね」と声をかけたら、新しい制服が導入されたとのこと。でも、それが全員に行き渡るのに十年かかるというんです。ケチ過ぎませんか（笑）。どうりで自衛官の定員の充足率が九十一パーセント（二〇一八年三月三十一日現在）です。非任期制自衛官だと七十三パーセントにとどまっています。

先ほども言ったように、日本はＧＤＰの一パーセントを防衛費に使っています。でも、やはり二パーセントくらいにはもっていかなければ、ちゃんとした軍隊にならないし、抑止力にもなりません。

そんな環境でも、基本的な訓練はちゃんとやっているんです。陸上自衛隊の「富士総合火力演習」を見学に行ったことがありますが、参加した自衛官の士気の高さや能力の高さには驚きました。正直言って一部の軍備が少し古い感じはしましたが、それでも戦う力は他国に引けを取らないでしょう。

ただ問題なのは、彼らが軍隊としてどこまで戦えるのか、はっきりしていない点です。たとえば尖閣諸島で本当に軍事衝突になってしまった場合、どんな行動ができるのか、まだできないのか。現状ではそれがまったくわからないんです。

英語で言うストレスは、「責任はあるが権限がない状態」のことを指しますが、まさにそれ。いちいち総理官邸に電話している場合じゃありませんから本当に危険です。日本の自衛隊が災害での対応に優れているのは、そこはクリアになっていて、自分たちの判断でどんどん動けるからだと思います。軍事面でも法の整備は最重要課題です。危険な目に遭うのは、現場にいる彼らなんですから。

曽野　長くアメリカに依存してきた結果、そうなってしまったのでしょう。

ケント　自国の領土や国民を守る自衛権は、個別的、集団的の区別なしに国際法で認められた国の当然の権利です。しかし憲法九条は、その権利を行使はできないと縛ったものです。権利はあるのに行使できないというのは、どう考えても理不尽じゃないですか。

それに、憲法には生存権と言われる十三条や二十五条があります。

十三条には「すべての国民は、個人として尊重される。生命、自由及び幸福追求に対する国民の権利については、公共の福祉に反しない限り、立法その他の国政の上で、最大の尊重を必要とする」とあります。また二十五条には「すべての国民は、健康で文化的な最低限度の生活を営む権利を有する」とあります。

では、先ほどのホルムズ海峡を通航する石油タンカーの乗組員はどうでしょう。北朝鮮の拉致被害者はどうでしょう。生存権が侵害されていませんか。第九条を守ったがゆえに国民の命を守れないのでは、そもそも九条そのものが憲法違反だと言わざるを得ません。だから僕は、九条を改正すべきだと発信し続けているんです。

日本国憲法第九条は、アメリカが占領統治をしやすくするために作った暫定憲法でした。占領軍が引き揚げて何十年間も日本があの憲法を使い続けるとは、アメリカ側はおそらく誰も思わなかったでしょう。憲法九条を改正することで、日本は本当の意味で自立できるのだと思います。その時、やっと占領が終わるのです。

曽野　私もそう思います。人間は自分の安全は自分で計り、国は自分で自分を守らなければならない。自衛隊を動きやすくしなければなりません。

左翼思想かぶれの日本のマスコミ

ケント　メディアについてもご意見をうかがいたいと思います。僕は長くメディアに出る側の人間でしたが、最近の日本を代表するテレビや新聞の報道姿勢には失望しています。捏造や印象操作で歴史やニュースを意図的にねじ曲げ、あえて日本人に不利益になるように仕向けているとしか思えません。

たとえば、日曜日の朝にやっている『サンデーモーニング』というＴＢＳの報道番組がありますが、あの番組の反日発言と偏向ぶりはひどいものです。血圧の薬を最初に飲んでおかないと、腹が立って頭に血が上ります（笑）。

実は、僕はあの番組がスタートした一九八七年から十年間、コメンテーターとして出演していたんです。昔はいい番組でした。司会は今と同じ関口宏さんですが、高市早苗さんも出たし辛淑玉（シンスゴ）さんやペマ・ギャルポさんもいた。あとは北野大さん、三屋裕子さん、それから局のキャスターだった新堀俊明さんなど。右派、左派両方の意見を出す番組で、ある程度言いたいことが言えました。

結局十年やって、番組を一新するからという理由で私たちが全員呼ばれなくなりました。今はこの『サンデーモーニング』に限らず、テレビの報道番組はほとんど左翼的な姿勢をとって、左翼のコメンテーターしか出演させません。

曽野　そう。新聞も一時ひどかったですね。朝日も毎日も自社の気に入る原稿しか載せない時代があって、私はそれ以来、そうした新聞とご縁がなくなりました。左翼にしか原稿を書かせなかったんです。向こうから依頼してきたのに、書いても「これは載せられない」、あるいは「この表現を変えろ」と言ってくる。そんなことが続いて、一時期、書くことがすっかりいやになったことがありました。感情的な言い方ですが、もう日本を捨ててどこか違う国で暮らそうかと思ったくらいです。夫が「じゃあ、どこへ行くんだ?」と聞くので「ブラジルへでも行って農業をやろうかしら」と言ったらハハハと笑っておりましたけれど。とにかく本当、ひどかった。特に左翼思想に凝り固まっているのは朝日新聞ですね。私はもう何十年も朝日新聞を読んでいないので、最近のことはわかりませんが。

ケント　僕が歴史問題で突っ込んだ発言をするようになったのは、従軍慰安婦に関する問題で朝日新聞が誤報を認めた一件からでした。朝日の捏造記事のせいで、日本は国際社会から信用を失いかけ国益が著しく損なわれた。僕は日本が大好きですから、これはもう黙ってはいられないという気持ちになりました。

そもそも僕たちが知りたいのは真実です。正しい事実に基づいて判断した結果なら、それが右でも左でもべつにかまわない。ただ朝日新聞は、あらかじめ偏った視点で自分たちに都合がいい記事を書こうとしているでしょう。事実の裏付けがないからまったく信用できません。そして、「報道しない自由」と言って、不都合なことを報道しません。

曽野 信頼できるのは産経新聞、それから読売くらいになったんです。以前は主要な全国紙は一応全部取っていました。でも、ここ四十年くらい朝日新聞は一切取っていないし、読んでもいません。朝日新聞のために執筆することもないし、今後取材に応じることもないでしょう。作家や文化人のなかには、いまだに朝日新聞からお呼びがかからなければ一流じゃないと思い込んでいる人もいますが、おもしろい権威主義ですね。

ケント 以前、朝日新聞から、僕が書いた『儒教に支配された中国人と韓国人の悲劇』（講談社）について記事を書きたいという取材依頼が来たことがあります。だけど僕が何を発言したって、彼らは悪意をもって部分的に切り取るか、ねじ曲げて書くだけでしょう。だからこう言ってやったんです。「では質問事項を全部文書にして送ってください。それに対して文書でお答えします。それと同じものを全部インターネットにもアップします。そ

郵便はがき

料金受取人払郵便

牛込局承認

9410

差出有効期間
2021 年 10 月
31 日まで
切手はいりません

162-8790

東京都新宿区矢来町114番地
神楽坂高橋ビル5F

株式会社ビジネス社

愛読者係行

ご住所 〒 TEL: (　　) FAX: (　　)			
フリガナ お名前	年齢	性別 男・女	
ご職業	メールアドレスまたはFAX メールまたはFAXによる新刊案内をご希望の方は、ご記入下さい。		
お買い上げ日・書店名 年 月 日	市区 町村	書店	

ご購読ありがとうございました。今後の出版企画の参考に
致したいと存じますので、ぜひご意見をお聞かせください。

書籍名

お買い求めの動機

1　書店で見て　2　新聞広告（紙名　　　　　　　）
3　書評・新刊紹介（掲載紙名　　　　　　　）
4　知人・同僚のすすめ　5　上司・先生のすすめ　6　その他

本書の装幀（カバー），デザインなどに関するご感想

1　洒落ていた　2　めだっていた　3　タイトルがよい
4　まあまあ　5　よくない　6　その他（　　　　　　　）

本書の定価についてご意見をお聞かせください

1　高い　2　安い　3　手ごろ　4　その他（　　　　　　　）

本書についてご意見をお聞かせください

どんな出版をご希望ですか（著者、テーマなど）

の条件でよければ応じます」と。そうしたらお断りの連絡が来ました。

曽野　あなたにまで、そんなだったんですか。すべてをさらされたら自分たちに不都合だからでしょう。情報操作していることを認めたようなものですね。

マスメディアは終わった

曽野　アメリカ社会では「ポリティカル・コレクトネス（ＰＣ）」という言葉が浸透しているそうですね。そのまま訳せば「政治的に正しい」という意味で、「人はみな平等なのだから、人種、性別、出自を巡る差別的な言葉は御法度」という取り決めのようなものです。

日本のメディアでもこれに影響されてか、いわゆる差別用語を使ってはいけないことになっています。実は、私が特定の新聞に寄稿しなくなった理由の一つは、このＰＣにあります。

確かに差別や偏見はいけません。人間は誰もが等しく重んじられ、幸福であるべきだという理想には私も同意します。ただ、それは理想であって、現実はまだそうなってはいません。そうなっていないのに、言葉や表現だけを自主規制して使わせないようにするのは、単なる誤魔化しじゃありませんか。

私は小説家ですから「悪」も描きます。差別は現にあるから、差別用語もそのまま使います。その言葉を事実として残しておきたいからです。それを、「政治的に正しい」だか何だか知りませんが、勝手に削除したり、婉曲な表現に置き換えろなどと言う新聞や雑誌を、私は信用できないということです。

大切なのは言葉の上の公平・平等ではなく、社会制度そのものを実際に公平・平等にしていく努力です。それもせずにただ言葉狩りだけしても、世の中は何も変わらない。ただ真実を知ろうとしない人間を作り出すだけです。

ケント マスメディアがそうなった一つの理由は、クレーマー団体やスポンサー、広告代理店の意向ばかりに忖度(そんたく)しているからですよ。そのために、視聴者が本当に知りたいこと、本当のことを伝えてくれないんです。テレビがどんどん衰退していくのは当然ですよ。

マスメディアの代わりにこれから期待できるのが、ネットメディアです。僕はＤＨＣテレビが配信している『真相深入り！虎ノ門ニュース』という番組に出ていますが、既存のテレビのような予定調和もなければ、忖度も脚色も印象操作もありません。だから本音で話せるし、視聴者の反響も大きいんです。他にもツイッターやフェイスブックで今起こっていることや自分の意見をリアルタイムで伝えることができます。インターネット時代になってよかったと思います。

曽野　私はインターネットをやりませんが、生の声を伝えるという意味で講演会を大事にしていました。私は言いたいことは何でも言います。それをどう捉えるかは聞いてくださる方の自由。新聞などに検閲がいのことをされるよりずっと風通しがいいですよ。

ケント　僕も積極的に講演活動をしています。自由に話せるから、ストレス解消になりますね。

証言者なき「真実」がまかり通っている

曽野　ケントさんは沖縄によく行かれるとうかがっています。

ケント　はい。米軍基地の移設問題が気になっていて、それに関して調査したり、時間が許せば現地に足を運んだりしています。

曽野さんも沖縄関連では『沖縄戦・渡嘉敷島「集団自決」の真実』（WAC）をお書き

になっていますね。渡嘉敷島へは僕も、一九七五年、沖縄海洋博の仕事で日本に滞在していた時に訪れたことがあります。小さな島ですが、静かでとても美しいところでした。特に海がきれいですね。

曽野　その渡嘉敷島では、第二次世界大戦末期、三百人以上の島民が集団自決によって亡くなったことはご存知だと思います。それから四半世紀も経った頃、島民に自決命令を出したのは、当時陸軍特攻部隊の指揮官だった赤松嘉次氏だったと告発され、そのことがマスコミに取り上げられるようになりました。私が新聞や雑誌を読んだ限りでは、「無辜の島民を死に追いやり、自分だけ生き延びた卑怯者、悪の権化」と、そんな論調でした。同じ頃、作家の大江健三郎氏の『沖縄ノート』が出版され、そこでも「罪の巨塊」という表現で赤松氏の責任が問われました。

その時、私のなかに疑問が湧いたのです。私はカトリック教徒ですから、罪というものに関心があります。しかし、いったい「巨塊」とされるほどの罪とはどういうものなのか。そして、この世にそれほどの罪を犯す悪人が本当にいるのだろうか、と。私はどうしてもそのことが知りたくなりました。

ノンフィクションを書く時の私の姿勢は、とにかく事実のかけらを足で根気よく集めることです。私は渡嘉敷島へ渡り、赤松氏を告発する側の人にできるだけ多く会いました。同時に赤松氏の身近な人々、そして赤松氏本人からも話を聞きました。

報道では、戦争の長期戦で食料がなくなりかけ、軍が生き延びるために島民を自決させよと赤松氏が命令したことになっていました。けれど結論を言えば、私が直接会った人のなかには、赤松氏が自決命令を出したのをこの耳で聞いたという島人は、ついに現れなかった。指揮官の副官だった人物は沖縄の方でしたが、彼も、軍の命令を島民に伝える役目にあった駐在の巡査も、二人ともそのような命令は聞いていないと明言したのです。

長い取材を終えて私が知ったのは、自決命令を出したという証拠は何もない。けれども絶対に出さなかったという証拠もまたないということでした。つまり、何もはっきりしていないというのがその時点での事実だったのです。ということは、真実はうやむやなままなのに、告発者やマスコミは赤松氏を極悪人と断罪したことになります。

ケント　では大江健三郎氏も、証拠がないのに『沖縄ノート』を書いたということですか。

曽野　あの方は、本人の赤松氏だけでなく、鍵を握ると思われる周辺の人には誰とも会っていません。大江氏も告白者も、沖縄タイムスという地元の新聞社が出版した、直接の体験者でない人々の談話をまとめた本をただ鵜呑みにして、赤松氏に「罪の巨塊」をなすりつけたということです。

赤松氏が自決命令を出したか出さなかったかは、「神のみぞ知る」としか言いようがありません。その意味で、この本は最初『ある神話の背景』というタイトルで発表しました。初版は一九七三年ですが、時を経て絶版になり、『沖縄戦・渡嘉敷島「集団自決」の真実』は別の出版社（ワック）から再版された際に改題したものです。

今も真実は私にはわかりません。ただわかっているのは、誰かがうそをついているということです。

マスコミが伝えない「不都合な真実」とは

ケント　今のお話にも出た沖縄タイムスですが、沖縄で新聞と言えばこの沖縄タイムスと琉球新報の二紙しかなく、どちらも反米、反日、反安倍政権、反米軍基地……と、とにかく何でも「反対」するのが得意技です。平気でうそをつくし、偏向報道の典型です。こういう新聞がつねに住民に偏った情報を流しているから、沖縄では長い間、基地賛成派が声を上げにくい空気が作られてきました。

そんな状況のなか、二〇一四年、故・翁長雄志知事が沖縄のリーダーになったことから、辺野古への海兵隊基地移設反対闘争が一気にヒートアップしました。僕も元々基地問題には関心があったものですから、その頃から取材のために沖縄へ足を運ぶようになりました。
しかし、そこで見た反対運動はひどいものでした。曽野さんは最近、沖縄へ行かれましたか。

曽野　いえ。あの取材以来、もう何十年も沖縄からは遠ざかっていました。

ケント　では、おわかりにならないですね。とにかくもう無法地帯なんですよ。辺野古、普天間、それから北部の高江周辺のヘリパッド建設現場や訓練場。そのあたりの基地のゲート周辺では、反対派が勝手に違法な私的検問をして、道路を封鎖しているんです。交差点の真ん中で寝転がって通行を邪魔する者もいれば、米軍関係の車を見つけると、「You Die！（死ね）」などと罵りながら車をバンバン叩く者もいる。それに工事車両の下に潜り込んで車を妨害するのも朝飯前。住民が使う生活道路まで通行妨害するから、バスや救急車も通れません。住民もほとほと困り果てているんです。

曽野　紛争地域のようね。警察は何をしているんですか。

ケント　それが、県警はいるんですが見て見ぬふり。沖縄は狭い島です。取り締まりをすると、活動家はその警察官の写真を撮って、拡大した写真と一緒に、本人の名前、家族の名前、住所、電話番号などの個人情報を全部大きなポスターに印刷して、基地のフェンスに貼りつけます。知事も活動家なので、まったくサポートされないため、動けません。

このままでは米兵やその家族にまで危険が及び、事件になる可能性が極めて高いので、二〇一七年に当時のケネディ駐日米国大使の要請で、東京の警視庁の機動隊が沖縄に派遣されているんです。

反対派のなかには、県外から来ている急進的左派や暴力的過激派の活動家がいます。沖縄タイムスも琉球新報も「市民」と報じていますが、とんでもない。あれは反対運動専門のいわゆる「プロ市民」なんです。横断幕には、ハングル文字や中国・北京の文字、英語で書かれたものも多く、中国などの外国の工作員が紛れているのも間違いありません。

さらにあきれるのは、アルバイトでデモ隊のサクラを雇っていることです。朝、県庁前に集合して迎えのバスに乗り、ある日の午前中は普天間でデモをやって、昼に再びバスに乗ったら、今度は弁当を食べながら辺野古へ向かう。そこで五時まで騒いで、また県庁前に送ってもらうんです。またある日は、別の現場に集まり妨害活動を繰り広げます。

曽野　ええ！　お弁当と送迎付きですか。高齢者のいいアルバイトだわ（笑）。

ケント　まさにそうなんです。特に年寄りを募集します。逮捕される可能性が低いからです。それで日当は一日二万円だったりしますよ。

曽野　誰がお金を出しているんですか。

ケント　同じ質問を、以前『朝まで生テレビ！』で田原総一朗さんからも聞かれましたが、中国共産党です。テレビでは、答えたとたん、CMに切り替わりましたけれど（笑）。

中国はこの反対運動を日米同盟分断、安倍政権潰しの最大のチャンスと見て動いています。ゆくゆくは沖縄を自分たちの領土にしようと計画しているはずです。ですからそのための資金と考えているんでしょう。この運動の裏には、支援金を集める「辺野古基金」という組織がありますが、米軍筋の話によれば、どうやらそこへ寄付をしている企業を通じて中国共産党からの資金が流れ込んでいるようです。

曽野　そういう実態は、東京にいる限りではまったく見えてきませんね。大手のマスコミは何をしているんでしょう。

ケント　現地の沖縄タイムスと琉球新報でさえ連日虚偽の報道をしています。だから同じ沖縄県民でも基地と離れた場所に住む人々は、熱心な沖縄の「市民」が、故郷を守るために闘っているのだと思い込んでいるんじゃないでしょうか。とにかく、なぜマスコミは黙殺しているのか。そこに不都合な真実があるからでしょう。

曽野さんには機会があったらぜひ現地を見ていただきたい。沖縄には信用できる僕の友人がいっぱいいいますからご紹介します。

曽野　ありがとうございます。久しぶりに沖縄と再会を果たすのもいいかもしれません。まず自分の目で見なければ始まりませんからね。

第二章

あらゆる文化を飲み込み、調和させる日本人

ミサ曲「レクイエム」でつながるご縁

ケント　実は僕と曽野さんとは少なからぬご縁があります。その一つが、曽野さんが作詞され、三枝成彰さんが曲をつけた「レクイエム」を、「六本木男声合唱団ＺＩＧ-ＺＡＧ」の一員として僕も歌わせていただいたことです。

「レクイエム」はこれまでラテン語でなければ歌ってはいけなかったのですが、自国の言葉が解禁となり、曽野さんが初めて日本語で歌詞をお書きになりました。創作の過程でずいぶんご苦労があったんじゃないですか。

曽野　「レクイエム」は、死者の安息を神に願うカトリック教会の聖歌です。ですから宗教上この言葉は必ず入れなければならないなど、いろいろな制約がありました。なんだか面倒くさいんですが、せっかく書く以上は正式なミサでも歌っていただきたいでしょう。やはりそのへんはあれこれ悩みました。それに「レクイエム」のなかには「グラドゥアーレ（昇階唱）」など、教会のなかの階段を上り下りしながら歌う一節があるんです。その階段が二段なのか、あるいは何段もあるのかによって言葉の構成も違ってくる。ですから教会建築の勉強もしなければなりませんでした。

ケント　そうでしたか。歌いながらこちらまでグッとこみ上げるものがありました。本当に感動的で素晴らしい曲でした。ただリハーサルがすごくたいへんなんです。教会のなかで歌うと音の反響がすごいでしょう。たとえば東京カテドラルだと、反響が約四秒あるんです。それがミラノの大聖堂ドゥオーモだと約六秒。「ドレミ」とやるだけで勝手にハモっちゃう（笑）。僕のパートはバスなんですが、その反響でテノールの音が全然聞こえなくなるくらいです。教会内に大勢の人が入ると音が吸収されて少しマシになります。理想的なのはだいたい二秒半くらいらしいです。

曽野　ドゥオーモで歌うなんて気持ちいいでしょうね。

ケント　はい。最高でした。二〇一〇年の公演では、ドゥオーモの後、バチカンのサン・ピエトロ寺院でも歌いました。関係ない話ですが、困ったのはミサの前にどうしてもトイレに行きたくなったことでした。一か所しかないトイレが遠くて、仕方がないので聖堂のすぐ脇にある神父さんたちが着替える部屋のトイレを貸していただいたんですよ。

曽野　あそこは衣装部屋なんです。引き出しには、芸術品のような貴重なものも含めて、代々の祭服が全部しまってあるんですよ。教会の方たちは「香部屋（こうべや）」と言っていますね。

ケント　普通は入れないそうですから、貴重な経験でした。

曽野　偉い神父さんたちも、普段は庶民的です。大安売りで買ってきたようなシャツを着ていらしたりして（笑）。でも祭服は何百年という歴史のあるものもあります。

ケント　日本人の神父さんも二人いらっしゃるんですね。その時は若い方お一人しかいませんでしたが、二〇一七年一一月に再びバチカンで歌った時、もう少し年をとった日本人の神父さんがミサの一部を行いました。その方がすごい。ラテン語、イタリア語、英語、日本語、あとフランス語も話しました。

曽野　それでいて、神父さんたちはたいていみなさん朗らかでユーモアたっぷりなんですね。

ケント　本当にそうでした。だから安心しました。ところで、「レクイエム」は何節かあって、最後の「アベマリア」にまた続く節がありますね。日本語では、「ありがとう」「さようなら」「また会いましょう」が何度もリフレインするところです。

曽野　人生、最期はその言葉に尽きますからね。

ケント　あの部分を歌うたびに、実は思い出すことがあるんです。オーストリアのグラーツという街で演奏した時のことです。僕は膝の手術をしたばかりでした。演奏前に強い痛みがあったので、合唱団のメンバーの一人の医者に痛み止めを直接膝に注射してもらったんですね。痛みはなくなったんですが、次第に酔っ払ったような感じになっちゃったんです。そんな状態で、「ありがとう〜」「さようなら〜」が何度も続くものだから、歌いながら、「これいつまでやるの?」とすごく辛かった。あんな感動的で素晴らしいエンディングなのに、「お願いだから、僕が倒れる前に終わってください」と祈りました（笑）。

曽野　祈りは通じましたか（笑）。

ケント　なんとか。本当にあの時は冷や汗ものでしたが、終わったらスタンディングオベーションでした。普通「レクイエム」は歓声や拍手はしてはいけないものですが、嬉しかったですね。

曽野　それはよかった。私も嬉しいです。

キリスト教徒という共通点

ケント　僕と曽野さんの共通点は、宗派は違いますが、同じキリスト教徒だということです。僕は末日聖徒（まつじつせいと）イエス・キリスト教会で、曽野さんはカトリックです。クリスチャンになったのはご両親の影響ですか。

曽野　いえ、それがまったく違うんです。うちは父が東京・八丁堀の生まれで、母は福井県の三国出身です。三国は港町で、母の家は回漕問屋（かいそうどんや）をやっていました。けれどその実家が傾き、一家は母が小学校六年生の時に東京に出てきます。母の兄は薄層ラバーの会社を興して成功しました。南方から生のゴムを輸入して、それを薄いゴム素材に加工する会社です。一方、父の実家は小さな地主だったらしく、私が覚えているのは、父の兄がその土地の一角で三等郵便局（特定郵便局）をやっていたことです。

父と母の結婚についてはよく知りませんが、昔のことですから多分お見合い結婚でしょう。けれど母にとって、その結婚が受難だったようです。父は慶応大学を出て、ケインズの著作集を持っているような人でした。良識はあったのですが、いわゆる外面がいいタイプ。家では暴君で、母はずいぶん苦しめられたようです。

それで母は一人娘の私に、将来何があっても生き抜く力を持たせたいと考えたのでしょう。その力を内に求め、信仰を心の拠り所にしてはどうかと、私をカトリックの学校に入れたんです。

ケント　それが聖心女子学院ですか。

曽野　はい。フランスの修道会が経営する学校です。私は出来が悪いものですから、幼稚園から大学までそこ。いわゆるエスカレーター式です。受験したって、よその学校には受かりませんから。

ケント　聖心女子学院は、洗礼を受けていないと入れないんですか。

曽野　そんなことはまったくなく、強制もされません。実際、私も洗礼を受けたのはずっと後で、十七歳の時でした。母もその後キリスト教を信仰し、洗礼を受けました。

ケント　学校はどちらにあったんですか。

曽野　当時の白金三光町というところで、今の港区白金四丁目あたりです。私は目黒駅からバスに乗り、確か二つ目くらいだったか、日吉坂上（現・白金台駅前）というバス停から歩いて通っていました。学校は今も同じ場所にあります。

ケント　あのあたりはよく車で通りますが、広尾にも聖心と名のつく学校がありますね。

曽野　あれが大学なんです。私が高校生だった頃、学校制度が切り替わりました。聖心女子大学は、それに伴ってできた新制女子大学の一つです。あの場所は元々久邇宮家の邸宅で、昭和天皇のお后となられた香淳皇后のご実家です。

聖心はお金があったのか、多分外国からの寄付だったと思うのですが、その旧・久邇宮邸を購入して大学の用地にしたんですね。当時はまだ純和風の建物が残っていて、菊の御紋章のついた玄関や立派な襖絵のあるお座敷などもそのままでした。

三光町のほうの学校は、幼稚園から高校までの校舎です。私が入った当時は敷地も広く、シスターたちはそこで畑を作り、肥料を取るために牛も飼っていたんですよ。あの界隈は、今はプラチナ通りなどもあるおしゃれなエリアになっています。そこを昔は牛がのうのうと闊歩していたんですからおもしろいでしょう。

日本に来たのは神のお召しだった⁉

ケント　僕の元々のルーツを話しましょう。父方の先祖は一八七八年、イギリス南部のイーストン・グラフトンから船で渡米して、ユタ州最北部のリッチモンドに入植し、後にアイダホ南東部に移住しました。母方の場合、一七三〇年アイルランドからペンシルベニアに移民し、一八五〇年頃、やはりアイダホ南東部に移住しました。父と母はアイダホ州の農家育ちでしたが、ユタ州の大学で出会って学生結婚しました。

間もなく朝鮮動乱が始まり、父が徴兵されたので、母は実家に戻って、長男である僕をアイダホ州南東部ポカテロ市の病院で生みました。その直後、父がいたカリフォルニアに母と僕が移動して、父の兵役が終わってから、ユタ州プロボに住むことになりました。僕と妹三人、弟二人がそこで育ちました。

先祖から代々末日聖徒イエス・キリスト教会の信者でしたから、僕も当たり前のように信仰を持ちました。僕で五代目だと思います。

初めて日本に来たのは、一九七一年、十九歳の時でした。教会では若いうちに宣教師として伝道に出ることが奨められていて、僕も志願したんです。当時僕は教会が運営するブリガムヤング大学の学生でした。教会の決まりで、志願はできても行き先を希望することはできなかったので、最初は、いったいどこへ伝道に出されるのかワクワクしたものです。その頃の伝道活動は、半分くらいがアメリカ国内だったんです。でも国内じゃつまらないでしょ。「ドイツかな、イギリスかな……。イギリスなら言葉の問題はないな」などとあれこれ想像を膨らませましたが、ふたを開けてみたら日本だったというわけです。

曽野　日本のことはご存知だったんですか。

ケント　地理の時間に地図を見て、もちろん存在だけは知っていました。でもどんな国なのかまったくわからなかったし、意識したこともありませんでした。

曽野　それは多分、「コーリング（calling）」、神のお召し出しというものですね。ケントさんは神に選ばれ、日本という地に呼び出された。

ケント　召し出されたのは、九州の福岡でした。伝道生活は、修行みたいなものでした。朝六時半に起きて午前中は勉強です。午後から外へ出て人と会い、夜は十時半に寝る。これを判で押したような毎日です。テレビも新聞も見てはいけない決まりでした。

曽野　カトリックの修道院のようね。

ケント　そうなんです。ただ、たいてい四人か六人の共同生活で、全員大学生でしたから喧嘩もしたし、いたずらもよくやりました。休みの日は山登りなどもしましたしね。辛いこともありましたが、若かったのであまり気にならなかった。僕にとっては青春でした。

二年間の宣教師生活を終えてからアメリカの大学に戻り、日本語と日本文学、アジア関係論を専攻しました。卒業後は同じ大学の法科大学院に進みました。実はハーバードやコロンビア、ＵＣＬＡなどにも合格したんですが、奨学金を全額出してくれるのはうちの大学だけだったんです。

法律の勉強をしながら、並行してＭＢＡ（経営学修士）の単位も取っていたので、ある時、法科大学院の学長から「君は法律をやりたいのか、ビジネスをやりたいのかどっちだ？」

と聞かれました。僕としては、将来は両方必要だと考えてのことだったんですが、「決められなくてグズグズしているだけじゃないか」と言われて腹が立ち、「見ていてください。僕は同級生のなかでいちばん高い初任給を取ってみせますから！」と啖呵を切っちゃった。それで就職したのが、世界一大きい法律事務所連合の東京事務所だったんです。当時の東京は物価も世界一でしたから、本当に同級生のなかでいちばん高い給料をいただくことができました。それが一九八〇年のことです。以来、約四十年間、ずっと東京で暮らしています。

曽野　ご両親は反対されなかったんですか。

ケント　父は公認会計士でした。地元で公認会計士の父と弁護士の僕が一緒にビジネスをやれば、最強のコンビになると考えていたらしいです。それを断って日本に行くことを選んだので、がっかりしていましたね。妻は一人娘なので、彼女の両親は猛烈に反対しました。

　本当は日本で三年か五年経験を積んでからアメリカに戻り、アメリカに進出してくる日本企業を顧客に弁護活動をして大成功……なんていう青写真を描いていたんです。当時は日本で法律業務の経験があり、日本語を話せるアメリカ人はほとんどいませんでしたから。

結局、その計画は途中で狂ってしまい、現在に至るわけです。今は二人の弟たちがあちらで父の仕事を継いでいます。

シスターの生き方を敬愛した

曽野　信仰に関する教育は、どんなふうにお受けになったんですか。

ケント　まず日曜日は必ず教会へ行きました。それから僕が通った高校は公立ですが、一日一時間だけ自由時間があり、その間、セミナリーという教会の宗教教育を受けに行っていいことになっていたんです。そもそもユタ州には末日聖徒の信者が多く、僕の高校も九十五パーセントが教会員でした。ですからほとんどの生徒が毎日、宗教の勉強をしていました。州によりますが、アメリカにはこういう制度のある高校が多いんです。

また国内のいたるところにある大学の近くに、教会のインスティテュートと呼ばれる、やはり宗教を学べる場があります。一般の大学へ通っている大学生はそこで勉強したり、みんなと交流したりできるようになっているんです。その意味ではとても勉強しやすい環境でした。

曽野　熱心でいらしたんですね。私の場合、宗教的なことと言えば、幼い頃、シスターから口うつしで教えられて暗記したお祈りくらいでした。

それからちょっと変わったところでは、学校で黙想会という合宿が行われ、三日間なら三日間中、ずっと沈黙を守って生活するという体験をしたことです。黙ったまま読書し、黙ったまま考える。食事中のおしゃべりも禁止でした。息が詰まるかと思いましたが、これが案外いいものでした。沈黙とは、誰かと比較するのではなく、ただ自分と向き合うことです。日常ではなかなか経験できない深い時間でした。

ですが生来不真面目なものですから、それ以外は何もしていないんです。十七歳で洗礼を受けましたが、頻繁に祈ったり宗教行事に参加したりすることもほとんどありませんでした。今もないんですよ。ただ、シスターの先生方の姿からは多くを学びました。

たとえば、あるフランス人のシスターは、黒の修道服にエプロン姿で、いつも床に這いつくばるようにして一生懸命雑巾がけをしていらっしゃるんです。子どもたちが泥だらけの足で歩き回るのですぐに汚れるんですが、汚れたら辛抱強くまた拭かれる。おかげで廊下の隅々までいつも清潔でした。後で伝え聞いたところでは、そのシスターは、元は貴族のお生まれなんだそうです。でも神の前では俗世の身分など関係ないんですね。

そういう方が修道女となり、たとえどんな辺境の地であれ、一度召し出されたら二度と祖国へは戻らない。私はそういう生き方にどこか憧れ、心打たれました。

ケント　ご自身もシスターになろうと思ったことはないんですか。

曽野　ないですよ。私のようないい加減な人間はとてもなれません。友人のシスターに、「湯たんぽがないと足が冷たくて眠れないから、修道院には入れないわ」と言ったら「今どき修道院にだって湯たんぽくらいあるわよ」と笑われたくらいです（笑）。

やっと真面目に宗教の勉強に取り組んだのは、結婚して子育てを終えてからでした。私と同い年の神父さまがいらした修道院に日曜ごとに十七年間通い、新約だけは隅々までよく学びました。

語学と信仰

ケント　聖心では授業は英語だったんですか。

曽野　当時の文部省が管轄する学校でしたから、授業は日本語でした。ただ、外国人のシスターがたくさんいらっしゃったので、他の学校に比べれば英語を学ぶ機会には恵まれていたと思います。私の担任のシスターは英国人でしたから、スティーブンソンの「墓碑銘」の暗誦から、まず英語教育は始まったんです。

でもそのシスターも戦争中、どこかの収容所に送られたのか、姿が見えなくなりました。外国人で残されたのは、ドイツ人とイタリア人のシスターだけでした。

ケント　そうか、ドイツとイタリアは同盟国だからですね。

曽野　ええ。戦争中は、英語は敵性語だからと勉強することも禁じられたんですよ。本来、敵性語だからこそ学んで相手を知るべきなのに。私の場合、母がこっそり習わせてくれたおかげで、なんとか続けることができたのですが。

ケント　戦後はＧＨＱに接収された箱根の「富士屋ホテル」でアルバイトをしたとおっしゃっていましたね。英語は相当できるんじゃないですか。

曽野　いえ、いえ。私はズボラで面倒くさがりでしょう。「三人称単数現在形の動詞にはsをつけよ」と教えられても、「sの一文字くらい、なくったっていいじゃない」と内心ひそかに思うクチ（笑）。そのくらいですから劣等生です。

それなのに、後に作家になってからは、国際会議や国際交流のパーティーなどに引っ張り出される機会が増えました。いくら英語が下手くそでも、お隣の席の方とお話ししないわけにはいきません。そこで私が心がけていたのは、まず質問することでした。専門的なお話を英語でペラペラやられたら、私などとても理解できません。だから先回りして「日本の文化はいかがですか?」「あなたがお働きになっている銀行では、女性は何パーセントくらいいますか?」など、なるべく簡単なテーマについて自分のほうから質問するんです。そうすると後は、お相手がおしゃべりしてくださいます。私はただ「ふん、ふん。なるほど」と聞いているだけでいい(笑)。

ケント それ、素晴らしいですよ。おしゃべりが下手だと自認する人は、自分から何か話さなければいけないと思いがちです。でも、そうじゃない。自分が話すのではなく、相手の話を聞いてあげればいいんですね。そうすれば相手も自分に興味を持ってくれたと嬉しくなるし、会話も弾みます。これはどんな言語を使う場合でも同じですね。いいことをうかがいました。

曽野 話の途中でわからない単語が出てきたら、「今おっしゃった単語はどういう意味ですか?」と尋ねるのもいいんですね。それが私にはいちばんの英語の勉強になりました。それでも外国の方としゃべっていると、疲れて夕方四時くらいまでしか保ちません。ケントさんはどうやって日本語を勉強されたんですか。

深夜番組で生きた日本語を学ぶ

ケント　宣教師として初めて日本に来た時は、その直前にハワイで二か月間の集中講義を受けました。ただ、それまで日本語などまったく知らなかったでしょう。簡単な挨拶と、伝道に必要な基本的な会話のマニュアルを覚えるだけで精一杯でした。実際、日本語で伝道のために「こんにちは。お元気ですか？」と道行く人に声をかけるまではいいんですが、誰も教科書通りには返してくれません。「お元気ですか？」と言ったら「はい、元気です。あなたは？」と返されるはずなのに「まあ、ぼちぼちだな」と言われて「？」。そうなると、もうしどろもどろでした。でも、いつも先輩の同僚がついていて助かりました。

幸いだったのは、当時の日本、しかも九州には、外国人がほとんどいなかったことです。僕を見かけただけで、みなさん「あっ、ガイジンだ！」と珍しがって辛抱強く話を聞いてくれる。しかも、とても親切にしていただきました。

伝道活動を終えてアメリカへ戻りましたが、二年後に再び日本を訪れるチャンスをつかみました。連邦政府商務省の職員で、沖縄国際海洋博覧会のアメリカ館ガイドに選ばれたんです。沖縄での半年間の滞在中は、現地で採用された日米ハーフの人たちを含め、約三十人での共同生活でした。宿舎は米軍の嘉手納基地のなかと本部半島に二つありました。

でも、教会の仕事ではないので、今度はテレビを観るのも自由。毎晩『11PM』という深夜のバラエティ番組を観て、初めて生きた日本語会話を学びました。後は、フラッシュニュースという五分間くらいのニュース番組ですね。画面に出る日本語の字幕で漢字を覚え、政治経済の用語を覚えました。これまで宗教用語と、大学で覚えた教科書の日本語しかなかった僕の語彙が、あっという間に増えました。

それから大学四年生の時からは、アルバイトで日本語学科のクラスを教えるようにもなりました。教える立場になってみると、それまでの教科書がわかりにくいことがわかりました。たとえば、まず「生きる」という単語が出てくるでしょう。それからしばらくすると「生（せい）」という読み方が出てきて、次に「生（しょう）」と読ませる単語が出てきます。日本語の音読み訓読みは複雑ですね。

「これ、混乱するからまとめて教えたほうがいいですよ」と教授にかけ合い、結局、夏休みを利用して、教授と二人で新しい教科書を作りました。母校では、今もその教科書を使っているそうです。日本語を教えることは、僕にとってとてもいい勉強でした。

天皇制とキリスト教は矛盾なく両立する

ケント　中世のキリスト教では、政教分離ができていませんでした。聖職者＝弁護士＝権力者で、戒律、掟、制約などの言葉は宗教用語でもあり、法律用語でもありました。だから一部の聖職者が思うままに特権を濫用し、カトリック教会が大きな権力を持ってしまったんです。

曽野　カトリックのイエズス会は、そんな時代に日本を殖民地支配しようとしたんですね。

ケント　宗教と国家権力は一緒でしたから、宣教師は戦士でもあるんです。それを察知した江戸幕府が禁教令を出し鎖国政策をとったことで、日本は植民地支配から守られた。この時代、アジアで植民地支配を免れた国はタイとトルコ、そして日本だけでした。そんな歴史はありましたが、現在、政治と宗教はまったく別のもの。キリスト教徒であっても、日本の象徴であり、元首である天皇陛下に敬意を表するのは、議論するまでもないごく当たり前のことです。

曽野　前にもお話ししたように、実際、カトリックの私の学校でも天皇陛下の御真影に礼を尽くしていました。

ケント　アメリカは初代大統領ジョージ・ワシントン以来、歴代大統領はすべてプロテスタントでした。ところがジョン・F・ケネディが三十五代大統領に立候補した時、彼はカトリック教徒だったため、アメリカの憲法よりローマ法王に忠誠を誓うかもしれないとの疑念が、国民の間に広がったんです。小学生だった私は、あり得ない話で、単なる宗教差別だと思いました。

曽野　それはないですね。

ケント　そうですよね。結局、国民が心配したのは、自分たちの大統領がバチカンの手先になるんじゃないかということだったのですが、それについては大統領自身が否定しました。今ではアメリカでもそんな議論はなくなりました。

曽野　新約聖書には「皇帝のものは皇帝に。神のものは神に」という言葉があります。これは、「神を信じる者はローマ政府に対し税金を納めてもいいのか、よくないのか」との質問に対するイエス・キリストの答えです。

　神の国の約束事と、所属する国家の約束事は違います。イエスは、信仰における揺るがぬ価値観を抱くのと同時に、祖国においてはその法を守り、よき市民であれと述べたのです。キリスト教徒にとって、その二つは両立するものです。

ケント　私たちの教会の「信仰箇条」の十二番目に、「わたしたちは、王、大統領、統治者、長官に従うべきこと、法律を守り、尊び、支えるべきことを信じる」と書いてあります。

「神」はそれぞれが決めるもの

ケント　政教分離そのものに関しては、今でも様々な問題が起こります。たとえばアメリカでは、法廷で証言する時、聖書に手を置き「真実のみを述べる」と神に誓うでしょう。

曽野　キリスト教以外の人はどうするんですか。ずっと心配していました。

ケント　まさにそれが問題となって、最近では聖書がなくてもいいことになりました。さらに、無神論者は「神」を信じないので、言葉を「神に誓う」から「確約する」にしてもいいことになりました。

もう一つ言うと、アメリカの硬貨には「IN GOD WE TRUST」の言葉が刻まれています。

曽野　「我ら神を信じる者なり」。

ケント そう。最近、あれを削りたいという人も出てきたんです。宗教の自由というのは、神の存在を信じなくてもいい権利も含まれています。だから、「我ら神を信じる者なり」は、宗教の自由を侵すものじゃないかという議論が持ち上がったんです。

曽野 どんな結論が出ましたか。

ケント 最高裁で、あの言葉は表記しなければならないという判決が出ました。「ゴッド」とは、各自がどう捉えるかであって、すべてが宗教的意味を持つものではない。信じるものは、場合によっては「神」ではなく、いわゆる「国体」であってもいいということです。

国のために命を捧げた英霊を悼むのは当たり前

ケント 日本で政教分離の議論が起こるのは、靖国神社の参拝問題ですね。八月十五日の終戦記念日が近づくと、必ず騒がしくなります。

曽野 私は毎年参拝に行くんです。国のために亡くなった方々に感謝するのは当たり前のことですからね。悼みという心の問題は、個人の問題です。閣僚が参拝するかどうかも自由でいい。周辺国に気兼ねして参拝をとりやめる必要はありません。

ケント　同感です。政教分離とは、あくまでも政治を特定の宗教に基づいて運営してはならないというだけの話です。アメリカを見てください。新任の大統領は就任に際し、聖書に手を置いて宣誓していますし、それが大きな問題になることもない。アメリカの議会はお祈りで始まりますよ。日によって、お祈りをする人の宗教や宗派が違います。

だから、べつに日本の国会開会の時に靖国神社の神主さんが永田町に来て祝詞を上げるわけじゃないんだから、単なる参拝に政教分離の原則を持ち出すのはおかしいと思います。

曽野　国家のために命を捧げた人に敬意を表さない国など、どこにもありません。それがたとえどんな戦争であれ、です。

ケント　その意味で、僕は、靖国神社に戊辰戦争の反乱軍である徳川幕府側の戦没者が祀られていないのは少々ひっかかるんです。祀られたのは天皇の側に立って戦った薩長など新政府軍の戦没者のみで、朝廷に矢を向けた会津藩の連中などは賊軍とみなされたわけでしょう。坂本龍馬や吉田松陰、高杉晋作などは祀られているのに、明治新政府に逆らった白虎隊や西郷隆盛などは祀られない。主義主張は違っても、どの人物も国のために戦ったことに変わりないはずなのに。

その点がアメリカのアーリントン国立墓地とは違うところです。アーリントンは、そもそも南北戦争の戦没者の墓地として築かれたものです。南北戦争は戊辰戦争同様、国の内戦ですが、南軍、北軍、どちらで戦った戦士も英霊として祀られているんです。アーリントンには、その後の二度の大戦や朝鮮戦争、ベトナム戦争、イラク戦争などの戦没者、さらにはテロで犠牲になった人々など約四十万人が眠っています。これを国が管理し運営しているんです。

靖国神社は、マッカーサーの「神道指令」によって今は一宗教法人になっています。でも、本来ならアーリントンのように国家として祭祀を行い、英霊を慰霊すべきではないでしょうか。これは政教分離とはまったく別次元の話だと思うのです。

宗教に差別や偏見はあるか

曽野　宗教には、それぞれ独自の戒律があります。たとえば聖書のなかには、イエスの弟子たちが安息日に麦の穂を摘んで食べたというだけで非難される場面が出てきます。安息日には働いてはいけないんですね。麦の穂を食べたくらいで、そんなに目くじら立てなくたっていいのにと思います。でも、これがユダヤ教の厳しい戒律です。

つまり安息日には、つまみ食いさえ許されない。つまみ食いもまた、安息に反する労働だと捉えられるからです。そのため、安息日は金曜日の日没から土曜日の日没までですが、その間は電気のスイッチを入れることもできません。

ケント　安息日に火をつけることが許されていない。それで、電気をつけることは「火をつける」ことだと解釈されるんです。

あるとき、土曜日に車のバッテリーが上がったので、ユダヤ人の友達に、彼の車のバッテリーを僕の車のバッテリーに接続して、車をスタートさせるようにお願いしました。その時、彼はそれが安息日に禁止されている「火をつける」行為に当たると説明しましたが、それでもやってくれました。ユダヤ人の間では、スマートフォンでメッセージを送ることが、この戒律に触れるかどうか議論されているところだそうです。

曽野　そういうことがあるからユダヤの人々は、安息日に入る前から電気をつけたままにしておくんですって。だって外が暗くなっても電気をつけられませんからね。それで一つ傑作な話があるんです。友人の遠藤周作さんが、昔エルサレムのユダヤ人の家に下宿していたことがありました。でも、彼はそんな習慣は知らなかったのね。電気をつけっ放しじゃもったいないと消してしまって、家主のおばあさんにうんと怒られたそうです（笑）。

そんな話を聞いて、私はユダヤ教じゃなくキリスト教でよかったなと思いました。

ケント　旧約聖書はそうしたユダヤ教の戒律や倫理、法律が事細かく記されたものです。

曽野　「するべきこと」「してはいけないこと」が六一三もあります。

ケント　しかしそんな細かいことよりも、最も重要な戒めは第一に、「神を愛しなさい」、そして第二に「隣人を愛しなさい」と教えたのがキリスト教の新約聖書です。キリスト教のほうが柔軟ですね。

曽野　ケントさんの教会には、そうした戒律はあるんですか。

ケント　生活面では、タバコやお酒、紅茶やコーヒーは飲まないことくらいです。でも日本人の教会員は、昔はそれが原因で差別されたこともあったようです。日本のサラリーマン社会では、会社帰りの宴会でみんなが仲良くなるようなところがあるでしょう。お酒を飲まない人は協調性がないのではと誤解されて、就職を断られた人もいます。

曽野　それはただの偏見ですね。

ケント　幸いそれはもう昔の話で、今では「真面目でいい人」ってことになってます（笑）。

曽野さんは信仰を持つことで居心地の悪い思いをしたことはありますか。

曽野　クリスチャンだと言うと「清く正しい人」と思われがちなのが、迷惑なくらいでしょうか。もっとも聞かれもしないのに、自分から信仰を打ち明けることはありません。私にとってキリスト教は、綿飴の中心のお箸みたいなもの。内側にあって人からは見えませんが、確かに自分自身の軸となっているものです。人にどう思われるかではなく、私自身の軸がぶれずにそこにあればいい。それが私にささやかな平和を与えてくれるのです。

日本は「何でもあり」の文化

曽野　先ほどキリスト教は柔軟というお話がありましたが、確かにそうですね。今はありませんが、昔のわが家の座敷には、欄間の襖を開けると小さな神棚があって、その下には仏壇がありました。一度お辞儀をすれば両方に挨拶できるというわけです。キリスト教だからといって、頑なところはまるでない。神も仏も一緒です。

こうしたいい加減さというか、順応性は、かつて聖心で学んだもののような気がします。女子校ですからシスターたちはよくこう言いました。「あなたたちは、将来お嫁にいくでしょう。日本人は仏教徒が多いのだから、婚家ではまず、お仏壇のお掃除をしなさい」と。郷に入っては郷に従えの言葉通り、その国のやり方を尊重すべきという教えでした。

ケント　僕だって教会でお祈りもしますが、初詣にも行きます。うちの教会員は、特に夫婦の片方が日本人の場合、子どもたちの七五三の行事にも参加することがあります。

曽野　キリスト教が柔軟だからというだけでなく、そういうことを受け入れる日本という国もまた懐が深くてよかったですね。愛とはそういう柔軟なものなんです。

ケント　そうですね。先日仲のいい友人が亡くなりました。彼も奥さんも宗教にはまったく興味がない人間でしたが、葬式をどうしようかと考えた時、結局、浄土宗のお寺に頼むことになりました。彼の実家が浄土宗だったので、それがいちばんしっくりくるかと思ったからです。

曽野　いつだったか都心の大きな斎場に行ったら、葬儀部屋がズラーッと並んでいて、あらゆる宗教に対応していました。お葬式を出すのは当人じゃありません。ご遺族が安心して平穏に儀式を行えるなら、それに越したことはないんです。カトリック教徒であっても、ご遺族のご意向で仏教式の葬儀を行う人も多いんですよ。

ケント　末日聖徒の場合、教会が墓地も持っています。仏教のお寺のなかには、お墓に異教徒を入れないところもあるそうですが、うちの墓地はどんな宗教の人でも受け入れます。たとえばご主人が教会員でなくても、奥さんがそうなら一緒のお墓で眠ることができるんです。

曽野　私の夫、三浦朱門の両親は、無政府主義者で信仰がなく、お墓もありませんでした。でも、だからといってお骨をそこらへんに置いておくわけにはいかないでしょう。なので夫の両親とうちの母も一緒に入れる小さなお墓を作りました。普通は「〇〇家の墓」と彫られるように、お墓というものは家中心です。名字が違う人が一つのお墓に入るのはあまりないことです。でも、うちには名字を彫った墓がありません。石碑に、入っている人たちの生年と没年が記してあります。

ケント　余談ですが、アメリカでは土葬で埋葬するのが主流です。年間数百人のアメリカ人が日本で亡くなりますが、その際問題になるのが、火葬せずにご遺体をどう本国へ運ぶかということなんです。処理せずに送ることができません。実は二十年ぐらい前まで、処理できる専門家が日本にはいなかった。規制があったわけじゃないのに、そういう職業自体存在しなかったんです。でも最近になってやっと少しずつ専門家も増えてきました。

生き方だけでなく、死に方や死後のあり方にも、地球上には多種多様な考え方があるはずです。その意味で、やっとこの分野でも国際化が進んだというわけです。

伊勢神宮はイスラム教の「天国」にも通じる

曽野　伊勢神宮も、人種や国籍、宗教を問わず多くの人を魅了する圧倒的な美しさと寛容さがあります。私も伊勢が大好きで、これまで何度も訪ねました。八咫鏡（やたのかがみ）、草薙剣（くさなぎのつるぎ）、八尺瓊勾玉（やさかにのまがたま）。三種の神器と言われるこの日本の秘宝のうち、八咫鏡が安置されているのがこの伊勢神宮。そして祀られているのは、皇祖とされる天照大神です。

一度敬虔なイスラム教の宗教指導者の方々をご案内したことがありましたが、彼らもまた躊躇なく頭を垂れて礼拝していました。イスラムにおける天国とは、「清らかな水が流れ、緑にあふれる地」だそうです。深い山々に囲まれ、五十鈴川の清流が流れる神宮の静謐（せいひつ）な空気のなかに、彼らの天国に通じる何かを感じ取ってくださったのかもしれません。

ケント　僕が伊勢神宮を初めて訪れたのは、まだ二十代だった一九七五年の冬でした。その時は正直言って、神道の世界が持つシンプルな美しさを本当に理解できたかどうかわかりません。日本についてあまり知識のない外国人には、伊勢神宮より日光東照宮のようなギラギラした豪華絢爛な美のほうがわかりやすいのかもしれません。

それからかなり間があき、再び訪れることができたのは三年ほど前です。伊勢神宮が主催する講演会にお呼びいただいた際、特別なご配慮で通常の一般参拝とは違う、御垣内参拝という正式参拝をさせていただきました。

曽野　私も経験しましたが、とても厳かな雰囲気ですね。

ケント　ええ、いつになく緊張しました。ただ特別な祭壇があるわけでもなく、参拝自体はあっけないくらい簡単に終わりました。

曽野　神道の儀式というものは、言葉も動作もシンプルなんですね。茶道や華道もそうですが、その簡単な形式に深い理由があるのでしょう。私のような不作法者には計り知れませんが。

ケント　僕たちが入った場所のさらに奥には、瑞垣といって天皇皇后両陛下しか立ち入ることが許されない神聖な場所があるそうですね。

曽野　そういう神秘的な感じが、またいいんです。お札を購入できる授与所には、白装束の神職の方がいらっしゃいました。私が「こちらは何時からお開けになるんでございますか?」と聞いたら、「夜明けから日の入りまででございます」という素晴らしい答えが返ってきました。あそこには、時計では計れない時間が流れているんです。

ケント　二〇一六年のG7、いわゆる「伊勢志摩サミット」では、会議に先立ち、各国首脳による参拝が行われました。世界の首脳陣に日本を知ってもらうにも、天皇家と最もつながりの深い伊勢神宮を訪問先に選んだのはとてもよかったと思います。

曽野　世界にはろくすっぽ祈りも祭儀も行われなくなった宗教施設が、廃墟同然になってあちこちにあります。けれど、伊勢神宮は三百六十五日、朝から晩まで人々を受け入れ、着実に信仰的行事を行っています。そして連綿と日本の文化をつなぎ続けています。そんな在り方もまた、世界の人々の感動を誘うのではないでしょうか。

無宗教だからこその利点

ケント　二〇一九年六月、アメリカとイランの軍事衝突危機が高まるなか、安倍首相がイランを訪問、最高指導者ハメネイ師とロウハニ大統領と会談しました。日本はアメリカと同盟国ですから、トランプ政権のイランに対する経済制裁にも同意の立場をとってきました。一方イランとは、国交樹立九十年にもなる友好国でしょう。イラン側も、安倍首相の言葉なら聞く耳を持つ。仲介役には適任なんですね。

しかも日本の利点は、基本的には無宗教という立場です。中東諸国は、スンニ派かシーア派かの違いはありますがイスラム教です。一方欧米諸国はキリスト教が多数を占めるため、歴史的にはイスラム教とは対立軸にあります。そこにユダヤ教のイスラエルもあり、同様にイスラム教と対立関係にある。その点、日本はそうした宗教的しがらみはありませんから、いわば独立第三者的な立場で話し合えるんですね。

曽野　宗教を信じている国では、無宗教と言うと「何も信じるものがない捉えどころのない人」とマイナスイメージで見られることもあります。でも今回は逆にそれがプラスに作用したんですね。

ケント　イランの側でも安倍さんの外交を高く評価しました。ただ、それを情報操作が得意なテレビ朝日が、またねじ曲げて伝えた。イランの外相が、「アメリカが根拠なくイランを非難し妨害工作をしている」とのツイッターを出したと報道したんですが、あれは完全なフェイクニュースです。事実は、「安倍外交をも妨害している」とアメリカを非難したのであって、安倍さんの外交成果は認めているんです。だから僕は、『虎ノ門ニュース』でガンガン、テレ朝のうそを暴きました。

日本はこれまで国際社会でどこか受け身でした。でも、今回の安倍さんの訪問は新しい挑戦でした。こうした外交努力を続けることが、これからの日本がもっと存在感を強めることにつながっていくと思います。

第四章

日本人が世界に尊敬される「与える」生き方

私利私欲を超えた「犠牲」の精神

ケント　「六本木男声合唱団ZIG-ZAG」で演奏する楽曲のなかに、「最後の手紙」という曲目があります。これは戦争で亡くなった各国の人々が最後に書いた手紙に、三枝成彰さんが曲をつけたもので、十三人の手紙をそれぞれ一曲にして、ラストに「平和の祈り」があり、全十四曲で構成されています。

そのなかに日本人の手紙も二つ入っています。その一つが、戦後、軍事裁判にかけられ、ラバウルで銃殺刑になった片山日出雄という人が家族に宛てたものです。

海軍大尉だった彼は、終戦後いったんは復員し故郷に帰りましたが、翌年、アメリカ軍司令部から出頭命令を受け巣鴨に収監されます。そしてインドネシアのモロタイ島に移され、軍事裁判にかけられた。彼の罪は、オーストラリア軍の爆撃機を日本が撃墜した際、捕虜となった乗組員四人を銃殺したというものでした。無実を訴えたものの受け入れられず、彼は罪をかぶって死んでいきました。

この片山大尉は熱心なクリスチャンでした。手紙のなかで、自分の運命を、無実の罪で十字架にかけられたイエスに重ね合わせたんですね。こんな言葉を引用しています。
「父よ、御旨（みむね）ならばこの酒杯をわれより取り去りたまえ。しかれども、わが意（こころ）にあらずして、御意（ぎょい）ならんことを願う」。

曽野　聖書の「マタイの福音書」に出てくる「ゲッセマネの祈り」ですね。ゲッセマネはオリーブ山の麓にある園で、やがて十字架にかけられることを知っていたイエスは、弟子を伴ってここにやってきます。そして語られたのがその言葉です。

少し現代風にすれば、「父よ、できることならばこの試練（間近に迫った十字架の死）を私から過ぎ去らせてください。しかし、私の願い通りではなく、御心のままに」ということ。

つまり、イエスも十字架上の死を、ただ黙々と受け入れたわけではないということです。誰でも苦しいことからは逃れたい。イエスもまたそうでした。でも最終的には「それが神の思し召しであるならお受けします」と心を決める。苦しみの極みは、このように受諾の極みへと導かれます。キリスト教徒の決定的な生き方が表れる場面です。

ケント　たとえ自分が捕虜を殺したのでなくても、戦争ではたくさんの罪を犯した人がいます。だから、自分がその罪をすべて背負い、死んでいこうとする。イエスは全人類の罪を背負って犠牲になりました。片山大尉もまた、イエスのように自らが犠牲になろうとしたのでしょう。死刑執行の当日、彼は、執行者に対して心のなかで丁寧にお礼を述べようと、こう言います。

「心ならずともこの不愉快な立場におかれて、私を処刑しなくてはならないみなさまに、心からご同情申し上げます。どうか深刻にお考えにならないように」と。ここがとても悲しくもあり、また非常に感動的な部分です。「最後の手紙」は、この片山大尉の手紙を最後にして、その後、世界各国の言葉で死者の鎮魂を願う「平和の祈り」へと続きます。

さて、ここで僕が言いたいのは、このような犠牲的精神は現代を生きる人々のなかにもあるだろうかということです。

曽野　昔は日本にも「滅私奉公」という言葉がありました。私利私欲を捨てて、国や社会のために身を捧げ尽くすという意味です。でも、戦後は「滅私」どころか、「私が、私が」と自分の権利ばかり主張する人が増えました。個人主義をはき違えているのでしょう。これは日教組教育の弊害です。個人主義の「個」には、他の「個」も尊重するという意味もある。それなのに、自分が何かを得ることばかり。人のために何ができるかを考える人が少なくなりました。

与えられるより、与えたほうが幸せになる

ケント　阪神・淡路大震災が起きたことで、日本人の考え方もかなり変わってきたと思っています。全国から延べ約百四十万人の市民が被災地の支援にかけつけ、「ボランティア元年」と呼ばれました。

曽野　そうした流れは一過性にはとどまりませんでしたね。印象的だったのは、その後、日本海で起きたロシア船籍の「ナホトカ号」重油流出事故でした。あれは島根県の壱岐島沖で発生した事故でしたが、重油は福井県の三国付近にまで流れ出た。母の故郷なので私も気になって、ニュースをよく見ていました。

重油が漂着した地域では、自衛隊員をはじめ全国からボランティアの人々が集まって回収作業をされていました。いったん流れ出した重油というのは、結局柄杓を使って人間の手でかき集めるしかないんですね。人海戦術というものがいかに頼りになるかがよくわかりました。ああしたことができたのも、やはり阪神・淡路大震災での経験があったからでしょう。

ケント　それまで日本でボランティアの気運が高まらなかったのは、日本人の精神性が影響していたような気がします。日本人は謙虚で、義理人情に厚いでしょう。見知らぬ人に何かしてもらうことを申し訳ないと感じるし、また、何かしてもらったら、お返ししなければと考える。だから支援を受ける側は重荷になるし、その気持ちを察して周囲の人も「そっとしておいてあげたほうがいいのでは」と気をつかう。お互いが遠慮し合って、こういう助け合いがなかなか成立しなかったんですね。

ただ、あの時はもうそんなことは言っていられなかった。みんなで協力し合わなければどうしようもない状況でした。災害そのものは痛ましいものですが、その点ではいい契機になりました。ボランティアというものは、ただ「ありがとう」と感謝して受け入れるだけでいいんです。

曽野　おっしゃる通りです。何かしてもらったからといって恐縮する必要はありません。なぜなら、寄付でも何でもそうですが、与える側もまた「人の役に立てた」という小さな喜びや幸福をもらっているからです。新約聖書の「使徒言行録」のなかには「受けるよりは与えるほうが幸いである」との言葉があります。感謝されることを期待するのではなく、むしろそのようなチャンスを与えてもらったことに感謝すべきなんです。日本人が昔からよく言うように、お互いさまなのです。

愛は与えても与えても、減らない

曽野　聖書には「隣人を愛しなさい」という言葉も出てきます。でもこれが、一般の人にはわかりにくいんですね。

そもそも隣人とは誰なのか。普通なら、文字通りお隣の家の人であったり、たまたま電車の席で隣り合わせた人のことだと考えるでしょう。または空襲の時、バケツリレーでお互いの家の火の粉を消し合った、隣組の人々のことを思い浮かべる老世代もいるかもしれません。そういう人々が隣人であれば、親切にしてあげるのも合点がいくわけです。ところが、聖書で言うところの隣人には、もっと広い意味が込められています。

ケント　そう。「隣人とは誰か?」の問に対し、イエスが答えた「善きサマリア人」のたとえ話にそのヒントがあります。

あるユダヤ人が追いはぎに襲われ、路上に置き去りにされて死にかけていました。そこを通りかかったユダヤ教の祭司とレビ人（下層祭司）は、何もせず通り過ぎてしまいます。

そして次にやってきたサマリア人だけが、そのユダヤ人を介抱します。当時サマリア人は、ユダヤ人から異端者とみなされ軽蔑されていましたから、本来なら助けたくもない相手をそのサマリア人は助けたことになります。

曽野　つまり、憎むべき相手にさえ、愛を注ぐ。これが、イエスが述べられた「隣人を愛する」ことなんですね。ところが、たいていの人は、そんな憎らしい人やいやな人を愛するなんて、とんでもないと思うわけです。職場の偉そうな上司も愛さなきゃいけないのか、意地悪な姑にも優しくしなきゃいけないのかと（笑）。

でも、ここで言う愛は、そういう身近な愛ではありません。「アガペー」と言って、感情を突き抜けた理性の愛。もっと徹底した慈悲であり善意のことなんです。だから相手を好きでも嫌いでもかまわない。嫌いな相手を無理に好きになれということでもありません。ただ理性で相手にとって「善い」と思う行動をとればいいのです。

与えるとは、このような理性の愛を与えることなんですね。一般的には、自分が取れば相手の取り分は減るものです。でも、不思議なことに理性の愛だけは与えても減りません。むしろ与えれば与えるほど増えるんです。だから、ボランティアをして損したなんて言う人はいないでしょう。おもしろいものですね。

「人の役に立ちたい」という願い

ケント　与えられたら、今度は与える立場になってほしいですね。

曽野　私自身、若い時から柄にもなく援助活動のようなものをする機会を与えられましたが、それもまず「与えていただいたこと」がきっかけでした。

与えられたのは視力でした。わかりやすいでしょう。実は、私は子どもの頃からひどい近眼だったんです。お裁縫も細かい縫い目が見えなくて上達しないし、テニスの球もネットのあっち側に落ちたのか、こっち側に落ちたのかよく見えない。ずっと眼鏡やコンタクトレンズが手放せませんでした。

小説家になってからは目を酷使し続け、そのせいか四十代後半で中心性網膜炎という病気にかかって、さらに視力が落ちました。本も目から五センチくらいの距離まで近づけないと読めなかったくらいです。それをなんとか治そうと、眼球に直接ステロイドの注射を打つという治療を受けました。でも、それは網膜炎にはよく効いたのですが、代わりに若年性の後極白内障というものが進んでしまったんです。普通の高齢者の白内障と違い、この病気はかなり深刻な視力障害が出るのが特徴です。ほとんど失明寸前になり、もうものを書くことは無理かもしれないと絶望しかけました。

ところが、すごいものですね。当時まだ最新式だった超音波の手術で白内障を取り除いていただいたら、それが成功し、視力がいきなりグンと上がったんです。見るものすべてがびっくりするほどくっきり鮮明で、世界が一気にパァーッと明るくなりました。

こんなによく見えるようになったのに、ただ生きているだけでは申し訳ないと、人のお役に立ちたいと願うようになりました。そこで友人の神父さまのお導きもあり、偶然始めることになったのが、目の不自由な方々と一緒にイスラエルなどキリスト教の聖地を訪ねる「聖地巡礼の旅」でした。

最初の旅は一九八四年、私が五十三歳の時でした。ボランティアの方も含めて総勢七十六名。目が見える人も見えない人も、同じ旅費を払って出発しました。

この時、私が一生懸命取り組んだのは、参加してくださった方々の目の代わりになることでした。ラジオの実況中継ってあるでしょう。あの要領で目に入るものをできるだけ詳しくお伝えしようとしたんです。一応作家ですから、見たものを素早く描写することには自信がありました。

ただ、イスラエルの旧市街などで「なだらかな丘の中腹に、赤い煉瓦屋根の家が見えてきました。石造りですね」と説明している間はよかったんです。ところが、私のことですから、そのうち「右に壊れかけた教会があります。信者がお金を出さないんでしょうねぇ」などと、ついよけいなことを言ってしまう。チャーターしたバスに乗れば乗ったで、今度はユダヤ人の運転手さんの風体を「年の頃は四十代半ば。ハゲでデブです」と描写（笑）。急いでしゃべらないといけないので、失礼かどうかなんて考えていられないんです。

ケント　運転手さんは日本語がわからないから大丈夫（笑）。聞いている方も、そのくらいのユーモアがあったほうが記憶に残るし、楽しいですよ。

曽野　まあ、そんな旅でしたが、一年に一度開催し、結局二十三年間続きました。途中からは車椅子を使う方も加わるようになり、毎回、百人前後の方々が参加してくださいました。

マダガスカルに貢献する日本の医療チーム

ケント　僕もそうでしたが、キリスト教の学校にいると、自然に奉仕活動をするのは当たり前という感覚になっていくんですね。

曽野　確かに幼い頃からそういう教育をされました。それと私の場合、やはりシスターの影響が大きいですね。学校にはまさに自らを犠牲にして奉仕の日々を送るシスターの先生たちがいらっしゃったし、同じ聖心の同級生のなかにも、卒業後、修道院に入る人が少なからずいました。一度シスターになれば、まるで兵士のように「ここへ行け」と命ぜられた場所へ赴きます。そしてそこがどんな辺境の地であれ、その土地の人々のために祈り働き、そこに骨を埋めます。そんな姿を見てきたので、私も自分にできることを何かしたいと考えるようになったのだと思います。

友人たちに手伝ってもらって「海外邦人宣教者活動援助後援会（JOMAS）」というNGOを立ち上げたのも、そうやって世界各地に派遣されて働く知人の神父さんやシスターたちを通して、その地域へ物資や資金を提供しようと思ったからです。

ケント　そのための寄付金集めをしたということですか。

曽野　ええ。お金を集めるのは少々難しいことですが、集まらなければやめればいいと気楽に考えるようにしていました。その適当さがよかったのか、なんとか四十年続き、今は代表を他の方にお願いしています。

その活動の一環でご縁ができたのが、アフリカのマダガスカルでした。知人のシスターが現地の修道院に付属する「アベ・マリア産院」で助産師として働いていて、私も何度か訪ねたことがありました。その産院をモデルに、『時の止まった赤ん坊』という新聞の連載小説を書いたこともあります。

そのシスターが二〇〇六年に現地でお亡くなりになったんです。そこでまた私のお節介の虫がうずいたんですね。お世話になった彼女が生涯を捧げたマダガスカルのために、何かの形で支援ができないかと考えたんです。そこでふと思い出したのが、以前シスターからうかがった口唇口蓋裂（こうしんこうがいれつ）の子どもたちのことでした。口唇口蓋裂とは、上唇が鼻の下のところで裂けた状態のことで、昔から日本では兎口（みつくち）と呼ばれた症状です。

ケント　そうなる原因はあるんですか。

曽野　それが先天的なもので、原因はまだ解明されていないんですね。日本でも百人に一人はそういう子が生まれるそうですが、早いうちに手術をすれば完全に治りますので何の問題もありません。

でも、マダガスカルには、その手術ができるドクターがいない地方もある。技術も劣ります。だから貧しい家に生まれた子たちは放ったらかし。いわれのない差別や偏見の的にされ、家のなかに閉じこまったままになっている子もいるそうです。女の子なら、将来の結婚に差し障ることもあるでしょう。また、誤嚥（ごえん）で死んでしまう場合もあれば、そこまではなくても、言葉がきちんと発音できずに社会生活が難しくなる子もいます。

それである時思いついて、そんな話を知人のドクターにしたんです。その方は昭和大学病院の形成外科医で、夫の旧制高校時代の親友のご子息です。それに偶然にも口唇口蓋裂がご専門で、その上、僻地医療にも関心を持たれていた。「マダガスカルで手術をしてくださる気はありますか？」とお尋ねしたら、即座に「行ってみたい」とお返事をいただきました。以来、このドクターが中心となって、昭和大学病院の医療チームが毎年現地へ行き、無料で子どもたちの手術をしてくださっているんです。

当初ドクターたちは、「本当に患者が来るんだろうか」とずいぶん心配なさったようです。なにしろ情報網なんて何も発達していないでしょう。産院の壁にマダガスカル語で書いたお知らせの紙がペタッと貼られているだけで、「これでどうやって日本から医者が来ることがわかるのかなぁ」といぶかるのも無理ありません。

ところが、教会のラジオ放送で大司教さまが一度このことを告知しただけで、遠くからも患者さんが詰めかけました。口唇口蓋裂だけでなく、やけどの子どもたちまでやってくるので、たちまち定員オーバーになってしまったほどです。今年で九回目の派遣になりますが、まだまだ患者は大勢いる状態です。

ケント　それは素晴らしい活動です。曽野さんは現地へ同行されることもあるんですか。

曽野　何度も行きましたが、私は医療行為は何もできませんから、原則は後方支援だけ。ドクターたちのためにビールを買いに行ったりお料理をしたりする係です。ただ、私も年齢が年齢ですから、これからも行かれるかどうか。病院はアンツィラべという地方にあるんですが、そこまでは首都から南へ百五十キロ。しかもたいへんな悪路ですから、それだけで三時間半はかかります。体力勝負なんです。

途上国に必要なのは予防医学の知恵

ケント　僕が通っている歯医者さんも、仲間で毎年二週間くらい東南アジアへ行き、貧しい子どもたちの歯の治療をしています。でも最初はどの子も虫歯がひどすぎて、結局ただ歯を抜く治療しかできなかったそうです。彼らは高度な技術を持っているのに、それを生かせなかった。必要なのはまず予防だったんですね。

そこでお菓子メーカーに掛け合い、大量のキシリトールガムを寄付してもらったんですね。しかもそれを一度にまとめてあげると、なかには必ずそれを売ってしまう子が出てくるでしょう。だから学校に預けて一日五個ずつ配ってもらうように工夫したそうです。五個なら売っても大したお金になりませんからね。次の年に行ったら、ほとんどの子どもに新しい虫歯ができていなかったそうです。

曽野　それは素晴らしいですね。ガムならお菓子代わりに誰でも噛めますから。アフリカの子どもたちも歯磨きの習慣がないんです。

ユタ州の相互扶助努力

曽野　ケントさんのボランティア体験は他に、どんなものがおありですか。

ケント　僕の教会の場合、大掛かりな福祉プログラムがあるんです。アメリカでは各統括団体（教区）ごとに所属する約五千人が協力し合い、ボランティアで何かの事業をすることになっています。ユタ州の僕のところでは、果樹園をやっていました。土地はだいたい四十エーカーくらい。一エーカーは千二百坪ですからかなり広大です。そこでチェリーとパイチェリー（茎がつかないチェリー）、それに桃、洋梨、リンゴ、プルーンなどをみんなで栽培して収穫するんですね。収穫した果物は、別の統括団体がやっている加工工場へ運びます。そこで缶詰などの加工品にして、今度は教会が管理する倉庫に運ばれて保管され、これが経済困窮者の支援や災害援助などに使われるのです。

曽野　相互扶助の形がちゃんとできているんですね。

ケント　そうなんです。うちの父は、その果樹園の管理責任者を十年くらい任されたことがありました。父は公認会計士でしたが、元々は小麦農家の出身です。僕の祖父、つまり父の父親が、父がまだ十二歳の時に脳梗塞で倒れ、代わりに父が農作業を一人で全部やっていたそうです。十人きょうだいの末っ子なんですが、上のきょうだいはすでに独立して家を離れ、父が唯一、家にいた男の子だったからです。そんなわけで農作業の知識や技術は、他の人よりはあったのでしょう。果樹園の仕事にもかなり熱心でした。

それでも、本職の傍ら、教会の果樹園の面倒まで見るのはたいへんだったと思います。チェリーの収穫期には、たいてい朝の四時四十五分から作業を始めるんですが、教会員のなかには時々サボる人もいるんですね。「ごめん。今日は行けない」と電話がかかってくるでしょう。「どうした？」と心配すると、「散髪に行くから」なんて下手な言い訳をしたりね。朝の五時から散髪する人なんかいませんよね（笑）。

曽野　かわいいじゃありませんか、そういううそは好きだわ（笑）。果樹園はケントさんも手伝われたんですか。

ケント　はい。子どもの頃はよくやりました。降雨量が少ないユタ州では、灌漑農法（ダムに水を溜めて、水路で農地に送る農法）が主流です。貴重な水を確保する水路は何より大事で、春になるとまずその水路の掃除をするのが少年たちの仕事でした。剪定だけは難しいので専門家に頼んでいたものの、摘果（間引き）も含めて、それ以外の作業はほとんど大人と一緒に働きました。

父がよく言っていたんです。「今はよくても、私たちだって何かの不幸に見舞われ、人の助けが必要になることもあるだろう。だから元気なうちに、やれるだけのことはやろう」と。その言葉が、僕の福祉に対する思いの原点になっています。

子どもたちにもボランティアのチャンスを

曽野　やはり子どものうちに、ボランティアを経験すべきですね。

ケント　同感です。東日本大震災の時、外資系銀行のトップをやっている僕の後輩は、社員を引き連れてボランティアに行ったそうです。夜行バスをチャーターして被災地へ行き一日働いてまた夜行バスで帰るゼロ泊ツアーか、現地で一泊して二日間働くツアー。体はきつかったけれど、いい体験だったと言います。それをうちの教会で中高校生に話したら、「僕たちも行きたい」と声が上がりました。それでバス二台をチャーターして何回か行きました。親たちも盛り上がって同乗しました。

実はこういう機会でもないと、子どもたちはなかなかボランティア体験ができないんです。特に東京はそう。たとえばボーイスカウトの奉仕活動で、公園の落書きを洗い落とす作業をさせてほしいと管轄の区役所へ申し出るでしょう。すると、たいてい清掃業者を雇っているから必要ないと断られてしまうんです。

曽野　役所は手続きが面倒くさいんでしょうね。あとは万が一、事故でも起きたら誰が責任を取るのかと、先回りして保身に走る。

ケント　そう。だから結局、民間でやるしかないんですね。代表的なのが、六本木のフランシスカン・チャペル・センター（カトリック）が中心になって、他の団体とも協力して何十年も続けている、ホームレスの方々へのおにぎり炊き出しボランティアです。うちの教会も宗派は違いますがこれに賛同し、加わっています。

現在の僕たちの担当は、毎週月曜日の朝、六本木のカトリック教会でご飯を炊いてみんなでおにぎりを作ることです。そして、ほかの団体がそのおにぎりを都内の主な駅へ持って行って、ホームレスの方一人ひとりに配っています。僕たちの担当が、駅でおにぎりを配ることに変わることもあります。

いつだったか、ある大企業の社長の娘さんが、この活動に参加したことがありました。彼女がこれまでホームレスに対して持っていたイメージは「怖い、汚い、臭い」。まあ、まだ十代の女の子ですから、それも仕方ないでしょう。そんな彼女が、段ボールの上に横たわる一人のホームレスの男性に、恐る恐るおにぎりを差し出したんです。するとその男性がムクッと起き上がり、小さく笑って「ありがとう」と言った。その瞬間、彼女はこれまで感じたことのない喜びを感じたと言います。まさに曽野さんがおっしゃる「与える喜び」ですね。その子は嬉しそうに「お父さん、また行こうね」と言い、以来、熱心に活動していました。

他にも僕の教会が参加しているのは、「ハビタット・フォー・ヒューマニティ」という活動です。これは元々アメリカで生まれたもので、途上国や貧しい地区で、住む場所を確保できない人たちのために、家造りをはじめ、暮らしにかかわる様々な支援をする活動です。僕たちがお手伝いしているのは、高齢者や障害を持った方など、何らかの理由で家の片づけや掃除ができない人のサポートです。単純に掃除といってもかなり重労働だし危険も伴うので、原則親同伴で、高校生以上の子どもたちが参加しています。

曽野　子どもや若者には多少苦労させてでも、他の人を助ける喜びを経験させたほうがいい。彼らが自発的にできないなら、ぜひ大人がチャンスを与えてあげるべきです。子どもだけではありません。ある程度の年齢になったら、一定期間の奉仕活動を国民の義務としてもいいくらいだと私は思っています。簡単なことでいいんです。今おっしゃったような掃除や一人暮らしの老人の話し相手など、できることはいろいろあるんじゃないでしょうか。

ケント　長期間は無理でも、たとえば子どもなら、修学旅行の半日をボランティアにあてるのもいいですね。

曽野　奉仕を通して他人の痛みを知り、人間的にも自然に成長します。これからの令和の時代、日本は経済だけでなく、こうした魂と精神の実力をつけていくべき時に入っていくと思いますよ。

大切なのは自立を促す救済

ケント おにぎりの炊き出しにしても清掃にしても、そういうことは慈善団体がやるからありがたいのであって、同じことを行政がやったら、ありがたくも何ともないんです。

曽野 おにぎりだとなおさら、「不味い」「小さい」「来るのが遅い」「二つくれ」などと、ついつい文句を言いたくなるんですね。

ケント 慈善団体がやるボランティアは「顔」が見えます。だからもらう側にすれば、「この恩は、いつかお返ししたい」という気持ちになるんです。一方で国や地方自治体がやる福祉というのは「顔」が見えないでしょう。しかも税金でまかなわれているから、「もらって当然」と思ってしまう。

するとまったことに、なかには自立しようという気持ちがなくなってしまう人も出てくるんですね。結局、弱者を救済するつもりが、依存心ばかりが肥大化して自助努力がまったくできない人を作ってしまいかねません。ひどい場合は、もらえるものは徹底していただこうじゃないかと、福祉を悪用する人まで出てきます。

大切なのは、その場だけ救うのではなく、長期的な視点に立って自立心や自尊心を促すシステムを作っていくことなんですね。だから僕は、こうした社会的弱者と呼ばれる人たちに対する支援は、本来、行政が最初にやるべきじゃないと思っています。最初にやるべきなのは、まず家族や親族。次にボランティア団体。それは今言ったように、受け取る側の気持ちがまったく違うからです。子どもたちが一生懸命おにぎりを握って届けてくれれば嬉しいし、よし、もう一度、頑張ってみようかと奮起するきっかけにもなるんじゃないでしょうか。

曽野　人は受けている時は一瞬は満足します。けれど、次の瞬間にはもう不満なんですね。「もっと、もっと」という欲が生まれるからです。先ほどから「与えることが幸せ」と言い続けているのは、与えることでそうした欲から自由になれるからです。

世の中には、与えたくても自分は何もできないと思っている人もいるかもしれません。でも、そんなことはありません。たとえばカトリックでは、働けない人は祈ればいいことになっています。あるシスターが、病気で弱っている同じ修道会のお仲間に、こんなことを言っているのを聞いたことがあります。「私たちの誰もがあなたほどには祈れません。あなたは今日一日ボランティアで皆のために祈り、私たちを助けてください」と。どんな人も必要な存在です。与えることは、人に居場所を作ることでもあるんですね。

ケント　そういうことがまだわからない人も多いから困ります。東北のボランティアに誘ったら「なんで俺が行かなきゃいけないの？」とまったく興味を持たない日本人の友人もいました。「だっておまえは今何不自由のない生活をしているけど、いつ逆の立場になるかわからないんだよ」と言ったんですが、ダメでした。

曽野　そういう人はイマジネーションがないのね。せっかくのチャンスなのにもったいないですね。日本は豊かになったぶん、他者への思いやりを失ってしまったんじゃないかしら。今の人は「もらえるものは、もらわにゃ損」と、損をしないことばかり考えています。でも、本当は逆です。人のために損ができる人になってほしい。国や社会のため、家族や友人のためでもいいんです。まず自分に何ができるのか考えてみてほしいですね。

「難民鎖国」の日本

曽野　アメリカでは、このところメキシコ国境での移民問題が取り沙汰されていますね。

ケント　そうなんです。違法移民の人と難民を申請する人、併せてピークでは月百万人以上が押し寄せました。現在、メキシコ政府が取り締まりを強化していて、壁の建設が進んでいるので減ったけれども、まだ凄まじい数です。

許可なしで入国する人は強制送還されますが、大多数の人たちは難民申請をします。そうすると、その申請を裁判所が判断するので、本来なら裁判まで二百か所の施設に拘束されるんです。ところが、一日の定員は三万一千人しかなくて、裁判を受けるまで約二年かかります。そのために、裁判まで、ほとんどの人は暫定的に入国を許可されて釈放されます。彼等は全国に移動するので、各地に違法移民がたくさんいます。その後で裁判の呼び出しがあっても、なかなか出頭しません。

ちなみに、難民申請の約九十パーセントが拒否されて、強制送還されます。

その間、子どもは学校に行くし、免許なしで車を運転するし、病気になったら、保険に入っていないのに病院に行きます。各地方自治体にとっては大きな負担になっています。現地はものすごく混乱していると思います。

彼らの食事や住む場所はいったいどうなっているのか。なかには、すでにアメリカに住んでいる親戚がいることもありますが、主に教会や民間団体が支援しているようです。

曽野　やはり教会や善意の個人の助けが必要ということですね。

ケント　ベトナム戦争終結後、アメリカではかなりの数のベトナム難民を受け入れましたが、そこでも民間のボランティアが活躍しました。ユタ州の僕の実家の三軒隣の大学教授の家族も、若いベトナム人夫婦とその子どもの一家全員を家に住まわせ、彼らの面倒を見ていたんです。

教授の奥さんは、ベトナム人のお母さんに、たとえば洗濯機の使い方といった日常生活の細々とした方法を教えたり、一緒に買い物に行き、どこで何を売っているかを教えてあげたりしたそうです。また子どもは、現地の学校へも通いました。当然、最初は英語を話せないんですが、教授の子どもたちが一緒だったので、いじめられることもなかったそうです。

それからベトナム人のお父さんは、昼間は職業訓練に通い、夜は夫婦で、近くの小学校でやっている英会話の無料講座にも通っていた。それで彼らは約三か月で、家を借りて自立することができたんです。家を借りる時は教授が保証人にもなってあげたそうです。ちなみに、その教授は政府の支援金として、月約十五万円しかもらいませんでした。そういう愛情深い支援は、やはり民間でしかできません。

日本の場合は、難民鎖国と言われてしまうほど、こうした難民の受け入れに消極的です。

一九七〇年代以降のインドシナ難民も、受け入れるには受け入れたんですが、ごくわずかでした。しかも初期の頃は沖縄県の本部町にあったセンターに入所させていたんです。そこは沖縄海洋博の時に造った施設を利用したもので、僕も海洋博の時にそこで寝泊まりしたのでよく知っているんですが、はっきり言ってジャングルのなかです。周りの人たちとの触れ合いもなく、それではなかなか日本の生活に馴染むことはできません。その点からも、日本の政府は、難民に対して「保護」して自立支援するというより、「管理する」という感覚が強いように思えます。そのへんはぜひ改善していくべきです。

キリスト教徒の「什分の一」とは

ケント　ところで、「什分の一」ってご存知ですか。

曽野　ええ。中世ヨーロッパのユダヤ教徒やキリスト教徒が教会に納めていた税金ですね。あれは英語で「タイス（tithe）」と呼ぶでしょう。ちょっと珍しい言葉ですね。

ケント　うちの教会では日本語で「十分の一」と表記しますが、とにかく今もその制度がちゃんと生きているんです。教会員は収入の十パーセントを教会に寄付し、集まったお金は教会堂の補修、教育、その他の宗教活動や経費などにあてられています。

曽野　中世では自分のところで採れた作物の十分の一を納めたわけですが、給料の十パーセントと違って、どうやって作物の十分の一を数えるかが難しいんですね。ユダヤ教の「ミシュナ」を読むと、たとえば「痩せた畑の麦はカウントに入れなくていい」など、細かい条件が延々と書いてあるからおもしろいんです。桃の木に百個の桃がなったら、本当は十個出さないといけないわけでしょう。でも、「人が近寄れないような崖に生えた桃の木の桃は出さなくていい」とかね。ユダヤ人は頭がいいから、「ミシュナ」を読んで、あれこれ屁理屈をこねては、いかに納める税を少なくするか画策したんでしょうね。

ケント　うちの教会でも現物寄付を認めています。だから僕の友人のなかには株で支払っている人もいるんです。寄付する時に値が上がっている株であれば、原価は安い（笑）。

曽野　人間の賢さとずるさの双方がわかりますね（笑）。でもいいんです、それが人間ですから。自分はつねに公明正大であるなんて言う人がいたら、逆に信用できませんよ。

ぜひ慈善団体を寄付金控除の対象に

ケント　ただ、その「什分の一」は、寄付金なのに税控除されないんです。日本では、任意のボランティア団体への寄付は税控除が受けられないことが多いでしょう。特に宗教団体の場合ほとんど対象外で、うちの教会もダメ。逆にアメリカではちゃんと認められているので、向こうで「什分の一」を払っている人は、ちゃんと税控除されるんです。

民間のボランティアがいかに大切かは、前にお話しした通りです。ですがこれでは寄付をしたいと思っている人も躊躇してしまいます。

たとえば、「3・11塾（公益社団法人3・11震災孤児遺児文化・スポーツ支援機構）」といって、音楽関係の文化人が中心となって発足した慈善団体があります。僕も参加しているんですが、寄付金やチャリティーコンサートで資金を集め、東日本大震災で親を失った子どもたちの将来の夢を叶えるための支援をしています。

でも、ここも当初は寄付金控除の対象に指定されていませんでした。しかし途中から公益性が認められて、控除対象に認定された。ですから僕も、毎年させてもらっていた寄付金の額をかなりアップしました。税控除されれば、こちらの負担も軽くなりますからね。

ちなみに、この「3・11塾」では、毎年三月十一日にチャリティーコンサートを開くんですが、これが素晴らしいんですよ。会場は無料で提供してくださるサントリーホールで、出演者も一流の音楽家ばかり。ですが全員無償で、それどころか最低一万円を寄付するのが決まりです。これは出演者もバックヤードで働くスタッフもみんな同じです。

また、本来ならお客さんに買っていただいたチケット代を支援金にあてるわけですが、以前チケット制にしたら税金がかかって、数パーセント目減りしてしまったんですね。なので、僕の発案でコンサートのチケットそのものはゼロ円。その代わり、お客さんは入場するのに最低一万円の寄付を払わなければなりません。

慈善事業では人を疑うことも大事

曽野　私が個人的に参加しているＮＧＯ「海外邦人宣教者活動援助後援会（ＪＯＭＡＳ）」は、前にもお話ししたように、皆さんからいただいた寄付金で必要な援助をしています。その寄付金を扱う時、私がいつも思い出すのが、やはり聖書のなかにある「やもめのプレタ」という有名なお話です。

ある日、イエスはエルサレムの神殿で賽銭箱の見える位置に座り、群衆がそれぞれお金を入れる様子を見ておられました。大勢のお金持ちが多額の献金をするのですが、そこへ一人の貧しいやもめが来て、たった二枚のレプトン銅貨を入れたんです。現代のお金に換算するのは難しいんですが、百円くらいだろうと言われています。

するとイエスは弟子たちを呼び寄せてこう言われます。「この貧しいやもめは、誰よりもたくさん献金をした。他の人は余りあるなかから入れたに過ぎないが、この人は貧しいなかから自分の持っているものすべてを入れたのだ」と。

そのお話から、私は人からいただくお金というのは、たとえ百円でも決しておろそかにしてはならないと肝に銘じました。ですから、一般の組織では常識的に認められている必要経費も、私のところでは一円も使わないんです。事務の経費は私や仲間が負担して、寄付は全額援助に回すようにしてきました。

その代わり、援助したお金がきちんと使われているかどうかは、私が自分で確かめに行きました。援助先の九割近くへ行ったと思います。場所がアフリカでも自費で見届けに行きました。人を信じた結果、失ったものが個人のお金なら、自分の愚かさを悔やめばいいだけですからね。でも他人様からお預かりしたお金は、悔やむだけでは済まないんです。

ケント　役人が自分のポケットに入れてしまわないとは限らない。

曽野　まさにそう。これまでに援助してきた国は、アフリカや中南米、アジアなど三十か国以上になります。どこも貧しい途上国ですが、そうしたところでは汚職体質が横行しているでしょう。たとえば学校にしても、送られてきた写真だけでは信用できません。どこかそのへんの建物を適当に撮って「いただいたお金で造りました」なんていううそはいくらでもつけるわけですから。

ケント　多くの慈善事業でも、不正のせいでせっかくの貴重なお金が無駄になっているケースはかなり多いと思います。

曽野　人を疑うというのは気持ちのいい話ではありません。でも私自身が「曽野さんは人を信用しない、いやな人よ」と悪口を言われていれば済むことですからね。

第五章

日本はアジアでの存在感を示すべき

「大東亜共栄圏構想」は恥ずべきものだったのか

ケント　戦争中は大東亜共栄圏構想がありました。欧米諸国の殖民地支配からアジアを解放し、日本を中心として共存共栄していこうという思想です。戦後の教育では、これは日本の侵略戦争を正当化する単なる建て前だったとされていますが、実際はどうだったんでしょう。戦争中は、何か聞かされていましたか。

曽野　日本人の力で、虐げられているアジアの人々を助けられると本気で考えていたんだと思いますよ。最初にイギリス領だった香港が落ちて、あっという間にシンガポールでしょう。私はまだ子どもでしたが、国民の大半は喜んでいるように見えました。

ケント　実際日本は、東南アジアをグルッと回ってインドまでのかなり広い範囲で勝利を収めました。それから中国、満州、朝鮮、北方領土……。

曽野　オーストラリアやニュージーランドまでですか。大東亜共栄圏を拡張しようとしていて、でもそれはうまくいかなかったんですね。

ケント　それほど広範囲にかけて統治するのは本来難しいんです。でもそれをやらないと資源が確保できなかったんですね。ただ、日本は一方的に国益を求めただけじゃなく、現地でインフラ整備や教育改革、軍事教練など、その国の民族が独立できるような下準備をしてあげた。それはイギリスやオランダの殖民地支配では決して行われないことでした。

それに戦争が終わってからも、多くの国に対外支援をし、地元の経済を繁栄させました。そのへんは、今となっては感謝されているのではないでしょうか。

曽野　私は大学を卒業してから東南アジアの国々に行ったのですが、私が日本人だとわかって敵意を見せた人はいませんでした。女性だからでしょうね。

ケント　韓国や中国は日本を憎んでいるようですが、他の国は日本が好きなんですよね。ということは、大東亜共栄圏が日本の独善的な植民地支配の方便だったとはとても思えません。

しかし、そういういい面に関しては、戦後一切報道されなかった。これもまた、ＧＨＱによる「ＷＧＩＰ（ウォー・ギルト・インフォメーション・プログラム）」の洗脳の一つだったんです。ＧＨＱによる検閲で、大東亜共栄圏の思想は完全に否定されました。先の戦争は元々「大東亜戦争」と呼ばれていたのに、それさえ禁止され、当時は「太平洋戦争」と呼ぶように強制されたんです。

「恩」を返さない中国と韓国

ケント 中国には、これまで日本から、民間投資を含め多額の援助金が渡っています。ODA（政府開発援助）だけでも一九七七年以降、三兆円以上です。そうしたお金で経済発展できたのに一切感謝を表さない。

それどころか、たとえば中国の新幹線は日本をはじめフランスなどヨーロッパの国々からの様々な技術支援があってこそ完成したのに、「これはわが国独自で開発した技術だ」と言い張る始末。また、それを多くの中国人が信じているんですよ。何でしょう、これは。

曽野 自分たちが世界の中心だという中華思想から来ているんでしょうか。贈り物をもらうのが当たり前の「朝貢」に慣れていますからね。「もらってやった」と思っているんでしょう。

ケント 日本はそんな屈辱的な扱いを受けても、文句も言わずに援助し続けた。その結果、中国は節約できた予算で軍事大国化して、今、日本の安全を脅かしているというわけです。また韓国も、日本の支援を大迷惑だったなどと言って逆に侮辱してくるでしょう。

曽野　韓国は第二次世界大戦から日本が統治（一九一〇～一九四五年）していました。日本の一部として扱われたのはいやだったんでしょうね。いや、精神的には誰だって分裂しているから、複雑だったでしょう。彼らとしては、自分たちのアイデンティティを否定されているわけですから。

ケント　でも、殖民地として搾取したわけではなく、条約に基づいて日本に併合したのです。一方的な圧政を敷いて苦しめたわけでもない。むしろ逆じゃないですか。

曽野　そうですね。渡航証明書があれば日本への移入も自由でした。だから日本で働く人も多かったんですよ。

実は、私の父は、当時、母の兄と一緒に薄層ラバーの会社をやっていました。従業員も三百人ほど抱え、そこそこ成功していたようです。その従業員のなかに、韓国や台湾から来た人が大勢いたんです。日本統治時代ですから、厳密に言えば彼らも日本人でしょう。工場ではみんな彼らのことを「徳どん」などと上方風の愛称で呼び、決して呼び捨てにするようなことはありませんでした。日本人同様、分け隔てなく大切に扱っていたんです。

ケント　その「どん」というのは何ですか。

曽野　「○○さん」にあたります。昔の商家で若い奉公人や丁稚さんに対して使っていた独特の敬称です。「お梅どん」とか「吉どん」とかね。西郷隆盛のことを「西郷どん」と呼ぶでしょう。あれと一緒です。

ケント　へえ、そうでしたか。彼らは日本名を名乗っていましたか。

曽野　ええ。強制的に変えられたという説もありますが、それはうそね。

ケント　そうなんです。むしろ、日本政府は名前を変えることをやめさせようとしました。彼らのほうから日本名を名乗らせてほしいという要請があったんです。

曽野　なぜ名前を変えたかったたか推測はできますけどね。

ケント　おそらく事大主義なんですよ。つまり目上には媚びへつらい、目下には尊大にふるまう。歴史的には韓国にとっての「目上」は中国ですが、日本に併合されてからは日本が目上で、いちばん偉い。だから日本人になりたかったんじゃないですか。そんなふうに見栄を張って、自分を大きく見せようとするところがあるんです。

曽野　統治時代、日本は韓国にたくさんの小学校を造りました。本土並みにね。それは彼らの国に対する大きな貢献になったはずです。

ケント　学校だけじゃなく、上水道や下水道、道路、鉄道、病院などのインフラを整備し、劣悪だった衛生状態を大幅に改善しました。おかげで平均寿命がかなり延びました。それに、誰のものか曖昧になっていた土地を測量し直し登記して、権利関係の整理もしてあげた。稲の品種改良をして、寒冷地でも稲作ができるように指導したのも日本です。そうすることで食料生産量も急増しました。これらは、全部日本人の血税を投入して行われたことなんです。

それが、どうですか。韓国人はこうした歴史的事実まで歪曲し、日本を批判するばかり。受けた恩に対する感謝もしないいんですよ。

曽野　そうね。ただ、ヒューマニスティックな観点から言えば、こちらから与えたものはべつに返してもらわなくてもかまわない。もしかすると百年たったら感謝してくれるのかもしれませんよ。

ケント　確かに、一九六五年に締結された「日本国と大韓民国との間の基本関係に関する条約」では、日本がその権利を放棄しました。しかし、朴槿恵(パククネ)前大統領は、「被害者と加害者の立場は、千年たっても変わらない」と発言したんです。「千年恨(せんねんはん)」の文化なんです。たとえば日本人同士なら、争い事になっても半分くらいは「ごめん」のひと言でお互い水に流すじゃないですか。ところが韓国では、「ごめん」と謝ったら格下とみなされて、千年間相手に支配される。そういう思考回路ですから、千年たっても感謝もしてこない可能性があると思いますよ。

曽野　日本の感覚でつき合ってはダメということですね。それはよくわかっていますけど。しじゅうアフリカにも行ってますから。

韓国の被害者ビジネスに乗せられてはいけない

ケント　韓国側が主張する「殖民地支配」や「慰安婦問題」などの歴史問題で、日本は必要がないのに謝罪を繰り返してきました。韓国は、そうやって謝罪を続ける日本からいくらでも金を引き出そうとする被害者ビジネスをやっているに過ぎません。

曽野　ゴネるとお金になる。途上国の常套手段ですよ。最近、またもめていますね。

ケント　韓国向け輸出管理強化の一環として、韓国を輸出手続き簡略化の優遇を得られる「グループA（ホワイト国）」から除外したことに対抗して、韓国が日韓のＧＳＯＭＩＡ（軍事情報包括保護協定）破棄を一方的に通告してきたんです。ところが土壇場になってまた翻意して、「条件付き延長」を通告してきました。まだ先行きは不透明です。

ＧＳＯＭＩＡは軍事上の機密情報を提供し合う取り決めです。破棄されれば、ミサイル発射を繰り返す北朝鮮の動きに関して、韓国側からの情報が入らないことになります。韓国は偵察衛星を持っていませんが、日本は偵察衛星を運用して広範囲で情報を集めているし、米軍経由で情報交換できるから大して困らない。報復のつもりかもしれませんが、韓国こそ日本からの情報が入らなくなって困るんです。それに、協定締結を主導したアメリカからも、裏切り行為だとして批判を受けています。

そんな状況なのに、文在寅（ムンジェイン）政権は、ＧＳＯＭＩＡと日本の輸出管理強化の二つの異なった問題をセットにして解決すべきだと噴飯モノの主張をしてきました。これに対して安倍首相は、「徴用工問題の解決が最優先」だとはっきり突っぱねた。その態度は、まったく正しいと思います。

そもそも事の発端は、二〇一八年、韓国大法院（最高裁）が日本企業に対し、元徴用工（第二次世界大戦中、朝鮮半島から動員され、日本本土の工場などで過酷な労働環境で働かされたとされる）に賠償を命じた判決でした。しかし、この問題はすでに解決済みなんです。

一九六五年、日韓が国交を正常化させた際、日韓基本条約と請求権協定が結ばれました。この時日本は、韓国に対し、当時のお金で約五億ドルという経済協力金を出しているんです。五億ドルというのは、韓国の国家予算の二年分にあたるほどの巨額なお金です。そして、これには徴用工の補償にあてる金額も含まれていることを明確に合意したんです。

ところが、韓国政府はそうした協力金があったことを国民に隠した上に、徴用工らに渡すはずのお金も渡さなかった。インフラや産業振興などに流用してしまったんですね。つまり自分たちがネコババしておいて、また日本に賠償金を請求しようとしているわけです。完全に文在寅政権の暴挙です。

安倍首相は、「徴用工問題の解決が最優先」という言葉に続けて、「国と国との国際的約束はしっかり守ってもらいたい」と述べましたが、それはまさにこのことです。

曽野　韓国は、日韓基本条約と請求権協定を反故にする気なのかしらね。

ケント　そうしたいなら、すればいいと思います。というのも、前にお話しした通り、統治時代、日本は韓国に対し、現在の貨幣価値で何十兆円もの投資をしています。その時に造った、学校、インフラ、産業設備などの財産は韓国にそのまま残しているんです。他にも日本の個人や企業が残した財産も膨大ですが、そうした財産の請求権を、日本は「韓国を支援することが北東アジアの安定につながる」という判断で、すべて放棄しました。それが、一九六五年の日韓基本条約と請求権協定だったんです。

本来なら堂々と請求してもよかったんです。たとえば、オランダの場合、インドネシアが独立する時、三百五十年間にも及ぶ植民地時代に整備したインフラ資産の代金、それから、インドネシアの独立戦争に対抗するために自分たちが使った戦費まで請求したそうです。国際法に則れば、それが当然の権利だからです。

ですから今になって韓国が日韓基本条約をやめるというなら、日本側もいったん放棄した財産を返してもらえばいいんです。その額は、先ほど言ったように何十兆円に及ぶでしょう。

とにかく、韓国のやっていることは国家間の取り決めに対する重大な背信行為です。日本は韓国のやり方を絶対に許さず、一歩も引き下がるべきではない。そうしなければ国益を守れないと思います。

日本人に必要なのは「発信力」

曽野　そもそも外交というのは、価値観がまったく違う異民族同士の交渉ですからね。日本人は、何ごとも誠意や人間性があれば通じると思っていますが、そんなことはありませです。

ん。誠意を通じさせるためには、相手国に関する知識とコミュニケーションの技術が必要です。

ケント　おっしゃる通りです。僕はそのことを先の戦争が始まる過程を見ても、強く感じるんです。第一次世界大戦後、国際連盟を発足させる目的で開かれたパリ講和会議（一九一九年）で、日本は「人種差別撤廃提案」というものを提言しました。今の価値観で言えばもちろん「人種差別をなくそう」というのは正しい主張なんです。

ただし、時代が違います。人種差別の撤廃とは、事実上、殖民地支配制度をなくそうと言っているのと同じこと。つまりこれは、西ヨーロッパが四百五十年間にもわたって築き上げてきた経済基盤を破壊しようとしていることに他なりません。だから、言ってみれば、植民地支配に対する挑戦に等しいんです。それがどれだけ危ない発言だったか、日本人は理解していなかった。

曽野　日本は島国で大雑把には単一民族です。肌の色の違いが生む難しさをわかっていなかったのでしょう。

ケント　そうかもしれません。これに対して欧米諸国は邪推したんじゃないでしょうか。「日本はあんなことを言っているが、本当は中国大陸や東南アジアの資源を独り占めしようとしているんじゃないか」と。そして「こんな危険な国はいずれ排除するべきだ」と敵対視されるようになっていったとしても、おかしくありません。

日本人は道徳心があり、他者への思いやりに満ちています。「人種差別撤廃」は、おそらく本音で言ったことでしょう。でも、ただいきなりストレートに言っただけでは誤解されてしまいます。曽野さんがおっしゃるように、やはりコミュニケーションの技術が必要です。もっと時間をかけて何を考えているのか、何をしようとしているのか。ちゃんと相手に伝わる発信力を持たなければダメだと思います。

曽野　愚かでしたね。戦争で掲げた大東亜共栄圏の大義も多分本心だったのでしょう。でも、善良さがあれば通用するということはないんです。

ケント　真珠湾攻撃をアメリカが予期していなかったという「定説」も、実は間違いです。戦争が始まる前からアメリカは日本の通信を傍受し、暗号もほぼ解読されていた。そういう意味では、決して卑怯な騙し討ちだったわけではないんです。戦時中も米国が日本の通信を傍受していたので、情報戦で日本は完全に負けていました。その点、日本はかなり甘かったと言わざるを得ません。

黙っていては「国体」は守れない

ケント 日本人の素晴らしさは、心優しく、他者を思いやる国民性にあります。でも、残念なことに、世界には身勝手で自己中心的な人間があふれています。策略、裏切り、脅迫など、卑怯なことが当たり前に行われているのが国際社会なんです。

曽野 日本人が「いらっしゃいませ」と頭を下げたからといって、それは相手に降伏しているわけじゃない。それと同じように、相手には相手の理屈があるはずです。

ケント 今の日本には、その理屈がわかっている各地域のスペシャリストが外務省や大学にはいるはずだと考えたいのですが、積極的に日本の国益をすすめる能力がないです。韓国に関しても、三十五年間も朝鮮半島を統治していたのに、どうして日本の外務省は彼らのメンタリティに関する基礎知識がなかったのか。本当に対応が下手だなぁと思います。職員は、ただエリート大学を出ただけの事なかれ主義。海外に派遣されたら、とにかく自分の任期の間は何ごともなければいいという発想なんです。もちろん仕事はしていますが、大事な場面で日本の国益を主張しないんです。

最たる例は、いわゆる従軍慰安婦問題です。一九九六年、日本軍が朝鮮人女性二十万人を強制連行し、性奴隷として扱っていたという間違いだらけの「クマラスワミ報告」が国際連合人権委員会（現・国際連合人権理事会）に提出されました。それだって、自国を裏切る日本弁護士連合会のメンバーが、日本を貶めるロビー活動を行った結果なんです。それに関して外務省は長い間、誤りを正しもせず、何も主張してこなかった。だから勝手な解釈をされ、利用されてしまったんだと思います。

従軍慰安婦問題が捏造だったことがやっと国連人権理事会に認識されるようになったのは、二〇一四年、初めて保守団体が国連へ行って抗議したことがきっかけでした。本当は外交官がもっと早くやるべきことでした。日本は国際社会に対して、どこか腰が引けているところがあります。自分を主張するのを美徳としない国民性から来ているのかもしれません。

でもそれでは世界中から誤解を招き、「国体」すら破壊しかねません。黙っていちゃダメです。そのことをぜひ多くの日本人に理解していただきたいと思います。

日本の常識は、世界の非常識と心得る

ケント　ＴＰＰ（環太平洋パートナーシップ）協定は、アメリカのトランプ大統領が参加しないと宣言したので、十一か国になったものの、二〇一八年にＴＰＰ11として発効しました。これは貿易協定であって防衛的な意味はありません。しかしうまく運用すれば、かつて日本が目指した近隣諸国との共存共栄という理想につながる可能性は十分にあると僕は思っています。皮肉なことに、ＴＰＰ11が成立したら、個別に行われていた日米貿易交渉で、米国が農産物に関して同等の条件を要求し、その要求通りに、日米貿易協定が二〇一九年十月七日に成立しました。

やはり、一国の発展は周辺国との協力・協調なしには得られません。安全保障に関しても、今の日米安保の枠を広げるのも一案ではないでしょうか。たとえば、オーストラリア、フィリピン、ベトナム、マレーシア、シンガポール、できればインド、タイなど、日本が中心となって様々な国に参加を呼びかけてもいいかもしれません。

そんなふうに国際社会で日本がリーダーシップを取るためには、これからの日本人には

どんな心構えが必要だと思われますか。

曽野　大切なのは、自分たちの常識を世界の常識だと思い込まないことです。まず相手国の歴史、文化、習慣、価値観などを理解しようとする癖をつけることだと思います。

戦後、私は土木小説を書くために、大手ゼネコンが海外で行っていた道路やダム、トンネル工事などの現場へよく取材に行きました。その時目にしたのが、日本人と現地の人々のメンタリティの違いです。

タイの道路工事の現場に行った時のことです。とても暑い日で、タイ人の作業員はスコップで二、三回土を掘っただけですぐ休むなど、とにかくだらだら働くんですね。勤勉な日本人としては、時間給で賃金を払っているのを知っているからそんな様子に腹が立つんでしょう。すると現場を指揮する立場の日本人が、「いいか、こうやるんだ！」なんて自ら土を掘って見せる。これが日本なら、「偉い人が率先して力仕事をやるなんて立派だ」と褒められるところでしょ。でも、現地の人はそうじゃないんです。

そこは多国籍のプロジェクトでしたので、現場にはイタリア人やスウェーデン人の専門家も来ていました。彼らはピカピカに磨き上げられた靴を履き、ノリの効いたシャツを着て、クーラーのある涼しいオフィスにいます。現場の管理は雇った現場監督に任せて、自分たちは決して汚い仕事には手を染めない。

額に汗して働く日本人と、命令する人は決して手を汚さないヨーロッパ人。タイの作業員はどちらを尊敬すると思いますか。

ケント ヨーロッパ人ですか。

曽野 そうなんです。靴を汚さない人のほう（笑）。その身なりのよさから、「こちらの人の言うことを聞いておけば間違いない」と判断するのでしょう。汗水たらして働いたからといって、立派な人だとは思われないんです。

同様に、日本人は開発援助でお金を出せば、相手が喜んでくれると思うかもしれません。けれど、お金を出すのは何か負い目があるからに違いないと考える国もある。それが異文化なんですね。

文化人類学や歴史学、言語学、地理学、宗教学……など、政治や交渉の力の裏には、そうした「知」の力も必要です。単純な話、「カレーライスは誰だって美味いだろう。食え！」と言ったって、イスラム教徒は豚肉を食べないし、ヒンドゥ教徒は牛を食べないでしょう。どんな肉を入れるか一つで、動かせる相手も動かなくなるんですよ。

第六章

「令和」の時代を誇り高く生きる

何歳からでも冒険できる

曽野　これからの日本人は、まず、もっと海外へ出るべきじゃないでしょうか。

ケント　賛成です。曽野さんは海外経験が豊かですし、僕も日本という未知の国に宣教師として二年間滞在したのが、人生の転機でした。曽野さんの場合、初めての海外はどこだったんですか。

曽野　私の海外体験は、アジア財団が企画した女流作家の視察旅行で、インド、パキスタン、タイ、シンガポール、香港と回ったのが最初です。二十五歳の時でしたから、まだ持ち出せる外貨の割合が決まっているような時代でした。それからはいろいろな国へ行きました。でも、私の人生にいちばん衝撃と影響を与えてくれたのは、五十歳を過ぎてから出会ったアフリカでした。

ケント　何かきっかけがあったんですか。

曽野　前にお話ししたように、私は元々強度の近眼でした。それなのに中年になって手術を受けたら数万人に一人という視力が出たんです。すべてがクリアに見えるようになり、私は突然活動的になりました。その始まりは、五十歳を過ぎていましたが、長年の憧れだったサハラ砂漠縦断の旅に出たことでした。

ユダヤ教もキリスト教も荒野で生まれた信仰です。砂漠は物質的には水にさえ恵まれず、精神的にも強烈な飢渇を覚えた人たちが、神を求める場所だった。だから聖書を勉強すればするほど、私のなかで砂漠に行きたいという気持ちが強くなっていたんですね。

それから、自分を鍛えたいという思いもありました。子どもの頃から病弱な上に一人っ子だったものですから、少々甘やかされて育ちました。そんな自分に「弱さ」がある気がして、文明の反対側へ行って、過酷な状況に耐えられる人間になりたかったんです。

ケント　サハラ砂漠縦断となると、準備がたいへんだったんじゃありませんか。

曽野　普通の海外旅行とは少し違いました。砂漠は一人で旅行できる土地じゃないでしょう。想定しうる様々な危険を防ぐために、必ず二台以上の四輪駆動車に、機械と電気のそれぞれの専門家を乗せる。それが必要条件だとミシュランのガイドブックにも書いてあるんですよ。予定していたコースは全三千八百キロでしたが、そのうち中心部の千四百八十キロは完全な砂の海。そこには人っ子一人住んでいないので、ラリーと違って誰にも助けを求めることはできないからです。

まず、友人でエジプト考古学者の吉村作治さんを筆頭に、五人の仲間を集めました。それから、日産自動車へ行き、大量の水と食料、それからガソリンを詰める特殊仕様の四輪駆動車を発注しました。タイヤはミシュランのサハラ仕様というのがあるんです。これだけでもかなりの出費ですが、最年長で、たまたま当時収入が多かった私が支払うことにしました。二十三歳で作家デビューしてからは、文壇のおつき合いでバーに行くこともなく、他の女流作家のように着物に凝ることもなかった。だから「このくらいの無駄遣いは許されるわよね」が自分に対する言い訳でした（笑）。

ケント　砂漠の旅はいかがでしたか。

曽野　普通の旅なら途中で一台の車ともすれ違わないと不安になるものですが、砂漠ではいちばん怖いのが対向車でした。他の車と出会うのは二十四時間に一度あるかないかのことでしたが、もしそれが強盗だったらもうどうしようもない。私たちには武器はありませんが、あちらはたいてい持っています。食べ物を奪われて殺されても、死体は埋められてしまえば誰にもわからない。それで強盗は車だけ盗って、砂漠の周辺国に逃げ込む。どこの国の法律も裁けません。

でも幸いそんな目に遭うこともなく、いい旅でした。特にサハラの真ん中で満月を迎えた時の感動は忘れられません。澄んだ月を中心に、満点の星。というより空中星だらけ。また私の視力も上がっていたものですから、本当によく見えるんです。

　砂漠のなかでも完全無人地帯を通り抜けた五日間は、顔も洗わず歯も磨かず、着替えもしませんでした。それでも気持ちが悪いこともなく、まったく平気。私には砂漠という土地が合っていたんでしょう。ああ、なんて楽な生活なんだろうと気分爽快でした。

アフリカは人生の教科書

曽野　砂漠の旅で一つ学んだことがありました。それはトイレについてです。日中は、皮膚から水分が蒸発しているせいか、さほど行きたくないんです。ただ夜は冷えますから、どうしても夜中に起きることが何度かありました。
　初めて夜中のトイレに行った時のことです。トイレと言っても、もちろん野外です。自分たちのテントのすぐそばで用を足したら失礼ですから、懐中電灯を手に百歩ほど真っ直ぐ歩くことにしました。で、用を足したのはいいのですが、戻ろうとしても戻れない。その日は月もなく真っ暗で、その暗闇のなかで完全に方向感覚を失ってしまったんですね。

そうなると手元だけを照らす電灯など何の役にも立ちません。たまたま誰かが起きてきて助かりましたが、一瞬パニックになりかけました。

後で考えれば、空が白んでくるまでそのへんに寝っ転がっていればいいのだから、そう慌てることもなかったんです。それにしても、文明生活に慣れきってはダメですね。自然界には、人間には制御できない領域があることを忘れてしまう。

ケント　僕も同じような経験があります。キャンプでカリフォルニアの浜辺近くの森にテントを張ったんですが、やはりトイレへ行って戻る方向がわからなくなったんです。

曽野　ですから懐中電灯は、二個いるんですね。手元用に持って出るのと同時に、テントのところに一つ灯しておくべきなんですね。勉強になりました。

ケント　ところで僕が生まれ育ったユタ州も、土地の半分くらいは砂漠です。でも僕が知っている砂漠は砂じゃありませんでした。

曽野　砂漠と言うと普通の人は「砂場の大きいもの」と考えがちですが、砂漠以外にも岩漠というものがあるんです。岩と砂の混じった場所もあります。だから砂漠と、土漠と、岩漠があります。岩漠は特に気をつけないとね。クレバス（岩の亀裂）がいっぱいありますから、そこに落ちたら同行者に助けてもらわないと抜けられません。

それから、砂漠では二台の車が少しでも離れてしまうと、もう絶対に会えません。だから お互いが絶えずお互いの視野のなかにいて、無線で連絡を取り合わなきゃいけないんですね。そういう技術を一つひとつ学びました。

ケント　曽野さんは、サハラ砂漠以外にも援助の仕事で何度もアフリカへ行っているでしょう。アフリカだけで何か国くらいになりますか。

曽野　多分三十か国以上になるでしょう。日本人がほとんど行かないチャドやブルキナファソといった国も行きました。

ケント　すごい行動力だなぁ。しかしアフリカは広いですね。地図上でアメリカをアフリカ大陸の上にのせると、中心部が隠れるくらいで、まだ余るんですから。

曽野　そうなんですか。そのアフリカのあちこちに行っていても、私の場合、サファリパークのような観光客が行くところへは一度も行ったことがないんです。だからゾウもキリンも見たことがありません。やはり私が惹かれるのは、アフリカの厳しさです。文明とも贅沢とも便利さともまったく無縁の土地で、人々がどう生きているかを知りたいんですね。

アフリカ以外にも多くの貧しい国を見てきました。そこには、食べる物にも体を洗う水にも事欠く人々がいます。子どもたちは学校に行けず、病気になってもかかる医者もいず、暑くても寒くても虫にたかられても、耐えるしかない暮らしです。でも、幸せじゃないのかと言えば、そうではないはずです。人間が生きる原点とは何なのか。多分、私はそういうことを知らず知らずに学んできたんでしょう。

旅は想定外の連続だからおもしろい

ケント　僕は曽野さんのような過酷な旅はまだしたことがありません。ただ、子どもの頃はボーイスカウトに入っていたので、自然の厳しい環境のなかで過ごす経験は何度かしてきました。たとえば、アメリカには「ウィルダネス・エリア（原生自然地域）」と言って一切の開発が許されない指定地区があるんですが、そこで一週間キャンプをしたこともあります。魚を釣ったり火をおこしたり。少年にとっては貴重な体験でした。

あとは地元に三千五百メートルクラスの山があり、高校、大学時代には毎年八月になるとそこへ登山に行きました。前日の夜から登って夜明け前に頂上に到着するんですが、夜のうちは山の両側に街の灯がキラキラと光り、それからだんだん夜が明けてくる。美しい景色でした。そのご来光を眺めたら、昼過ぎには下りてくるというスケジュールでした。

曽野　歩くのはいいことですね。偉そうなことを言っても、私は歩くのはダメなんです。サハラ砂漠の北部のタッシリ地方を一日二十キロ歩いたのが最長です。その旅では、重い荷物はロバの背につけて宿泊地まで運んでくれたので、私のリュックの荷物はせいぜい二、三キロ。それでもその重さがこたえました。途中で若い同行者が私の分まで背負ってくれたのでなんとか歩き通せましたが、体力はありません。

ケント　旅で病気をすることはなかったですか。

曽野　すごく用心しているので、幸いそれはなかったです。現地では生ものはまったく食べませんし、だいたい食べる量を減らすんです。普段の三分の二くらいを食べておきます。すると口に入る菌の量も三分の二、という計算。途上国ではたいてい修道院に泊まりますから、飲み水も、ヤカンいっぱいお湯を沸かして冷ましたものをいただけます。それを水筒に入れて持ち歩いていました。

それから夫から学んだのは、水分の取り方です。夫は終戦間際に招集されて二等兵だったんですが、軍隊では、食前食後、食中、つまり食事の最中には水を飲むなと言うそうです。飲むと胃液が薄まり、殺菌作用が低下しますから。ですから水分を取っていいのは食事と食事の間だけ。そうした教えを守ったのがよかったのか、お腹を壊すこともありませんでした。
ずいぶん丈夫な人間だと思われるかもしれませんが、前にお話しした通り、子どもの頃は病弱でした。母が心配して、果物の皮までアルコール綿で消毒するような生活でした。母の過保護を責める気はありませんが、やり過ぎですね。ですから私は不潔に耐える人間になろうと、アフリカや中東へ行く二週間くらい前から食事の前に手を洗わないんです(笑)。サンドイッチも汚い手でそのまま食べる。考えてみたら、へんな努力をしていましたね。

ケント 抵抗力をつけたわけですね。

曽野 そこまでしても、病気になる人はなります。私が友人や知人を途上国の旅に誘うと、必ず返ってくるのが「危険じゃないですか？ 病気は怖くないですか？」の言葉です。危険じゃないかと聞かれれば、危険ですとしか言いようがありません。でも、人間、銀座を歩いていたって車にぶつかる危険があります。あれも怖い、これも怖いと言っていたらどこへも行けません。
それに、実際行ってしまえばなんとかなるものです。以前インドの癩病院に滞在してお手伝いしたこともありました。看護師さんの宿舎の一室をお借りしていたのですが、夜は必ず窓を閉めてくださいと厳しく言われました。泥棒もいるし、ジャコウネコが飛び込んできて咬まれることもあるからだそうです。外の気温は四十二度くらいでしたから、窓を閉めきった室内は何度くらいだったんでしょう。扇風機もないエアコンもないんですよ。それでも扇子でパタパタ扇ぎながら眠りにつきました。なんとか順応したものです。

出るはずのお湯は出ない、あるはずのトイレはない。来るはずの電車は来ないし、車は必ず故障する。旅は想定外の連続です。でも人生だって予測通りにいかないから、おもしろいんじゃありませんか。特に若い人には、ぜひアジアやアフリカ、中近東、中南米といったところを旅してみてほしい。ささやかな勇気を持って、不便や危険と向き合ってみてほしい。きっと何かが変わるはずです。

いつまでも内向きではいられない

ケント　日本は豊かで便利で治安もよくて、決して危険な国ではありません。それでも若い頃の僕にとっては、まったく見知らぬ国。伝道活動で日本に行くと決まった時は不安でした。たまたま父の友人に、大阪の伝道活動から帰ってきたばかりの人がいたので、両親と一緒に日本の話を聞きに行ったことを覚えています。その時、その人が「和食」を作ってくれたんですが、まず鍋で肉を焼き始めたのに驚きました。日本人も肉を食べることを知らなかったんです。次にその鍋へ砂糖を入れたのでもっと驚きました。

曽野　すき焼きね。

ケント　はい。アメリカでは生卵を食べませんが、肉を溶き卵にからめて食べるんだと教えられ、恐る恐るやってみたらこれが美味しかった。それからは不安というより、日本へ行くのが楽しみになりました。これからまったく未知の国へ、未知なる体験をしに行くんだなと思うと、まるで冒険の旅に出かけるようでワクワクしたんです。

曽野　海外で暮らす体験は貴重ですね。私も夫の仕事の関係で、ケントさんの国アメリカで、三か月ほど暮らしたことがあったんですよ。

ケント　えっ、そうでしたか。アメリカのどちらですか。

曽野　アイオワです。当時夫は日本大学芸術学部で教えていたのですが、アイオワ大学では、文学や詩の創作で修士号を取得できるという制度があるので、その制度を見てくるように言われたんです。ちょうどいい機会だからと、息子も連れて家族で滞在しました。

私たちが住んだのは、典型的な中流の住宅街という感じのところでした。どの家も広くて庭に大きな木があり、緑の芝生がなだらかに道へと続いている。そして、結婚式などがあるとみんな自分の家の庭でパーティーを開くのですが、お客さまが入りきらなければ、お隣の庭から道路まで使っていました。たまたま通りかかった人までが、「おめでとう」を言うんです。

私たちのことも、「日本から来たカトリックだ」とすぐに広まったらしく、近所のご婦人が訪ねてきて、「家の修繕ならここ、子どもが病気になったらここ」などと、生活に必要な連絡先を事細かく親切に教えてくれました。こうしたコミュニティを体験したのは初めてだったのでとても新鮮で楽しかったですね。

ケント　僕の場合、最初に日本に来た時は驚きの連続でした。何を見ても正反対だったからです。車は右じゃなく左側通行だし、電気のスイッチは縦ではなく横に押す。のこぎりはアメリカでは押して切りますが、日本では引いて切るでしょう。それに火事は九一一じゃなく、一一九番。雑巾の絞り方まで逆でした。

でも、すき焼きを作ってくれた先輩から事前に教えられたんです。いくら正反対で馴染みがなくても、「おかしい」と言わず「不思議ですね」と言いなさいと。「おかしい」は否定的な決めつけですが、「不思議ですね」は受け入れてそれを楽しむ言葉です。異国で暮らすためには、まずこの〝受け入れる〟ことが大切で、自分たちと違うからと否定していてはその先へ進めません。先輩のこのアドバイスのおかげで、僕も日本での生活を楽しみ、友人を作り、様々なことを学びました。

僕の息子たちも十九歳で伝道に出しましたが、やはり異文化コミュニケーションを通じてたくましくなって帰ってきました。自分の国しか知らなければ、価値観が凝り固まって視野も広がりません。日本の若者にも、ぜひもっと積極的に海外へ出ていってほしい。外の世界を知ることで、逆に日本がいかに素晴らしい国であるかもわかるのではないでしょうか。

交渉術の肝は「敵を知り己を知る」こと

曽野　以前、アフリカのある国へ行った時のことです。ホテルに着いたら、日本から予約してあったのに、急に隣国の外務省関係者が団体で宿泊することになったから、用意できる部屋がなくなったと言い訳するんです。海外ではよくあることです。

こんな時、たいていの日本人は、黙って言いなりになってしまうんですね。ですが、なかには交渉に長けた人もいる。その時一緒にいたアラブ通の友人は、「これを切り抜ける方法は三つある」と教えてくれました。

一つ目の方法は「金」。パスポートに百ドル札をしのばせてそっと出し、「どこかにまだ部屋が残ってないかなぁ」とフロントのお嬢さんにささやく。すると出てくることもある。

二つ目の方法は「権力」で、「俺はおまえのところの総理大臣とは親しい友人なんだぞ」と威張る。三つ目は性的魅力、つまり「色」ですね。レセプションの美女に向かって「本当に部屋はないの？　残念だなぁ。僕は君を見たとたん、部屋で荷物をほどいたら、すぐに君を午後のお茶に誘おうと思っていたのに……。ねえ、本当に部屋がないかもう一回見てくれない？」。この三つの方法のどれかを使えば、たいてい「あっ、ございました」と交渉が成立するらしいです（笑）。

ケント　金、権力、色。駆け引きの三大要素ですね。

曽野　日本人はバカ正直ですから何ごとも正攻法。でも、それではうまく丸め込まれて交渉の場で負けてしまいますね。

ケント　まず相手の出方を探ること。最初からカードを全部見せるのはいけません。

曽野　私は直裁にものを言わないのは嫌いだから、すぐ言っちゃうかも（笑）。ダメですねぇ、それじゃ。

ケント　曽野さんは珍しいタイプ。でも、それも一つの方法です。というのも、日本人の場合、はっきり言わないと、何か誤魔化しているのでは？　と、相手に逆読みされることがあるからです。それは日本語のせいなんです。日本語です。日本語の発音は上の唇を使わない。言い換えれば、上唇を押さえたままでも話せるのが日本語です。だから笑いながらでも「くたばっちまえ！」なんて言えるでしょう。ところが英語の場合、「くたばっちまえ！」と言うと、どうしても「くたばっちまえ！」の顔になる。うそがつけないんです。

曽野　なるほど。日本人の表情からは真意を読み取るのは難しいわけですね。

ケント　そうです。ただ、日本人はそうやって誤解されるのを避けるためか、あまり不用意にものは言いません。交渉の場でも、その場ですぐに結論は出さず、いったん持ち帰るのが普通です。

一度だけ日本の大手電機メーカーとアメリカの企業の契約交渉の場に、弁護士として立ち会ったことがありましたが、その時もそうでした。アメリカ側はやたら長い文章で説明をして、さあ、どうだ？　とその場で結論を求めたがるんです。だから僕は言ったんです。「いやいや、そのやり方じゃダメですよ」と。日本人は別室で自分たちだけで意見をまとめてからでなければ、結論は出しません。だからまず言いたいことをもっと短く説明し、それからいったん休憩に入るのが大事。どちらが良い悪いではありませんが、自分の国のやり方だけを押し通しては、まとまるものもまとまりません。

曽野　『孫子の兵法』にも「敵を知り己を知れば百戦危うからず」とあります。まず相手を知るのが交渉を有利に進めるコツですね。

道徳教育が人格を育てる

ケント　戦前は曽野さんも教育勅語を習いましたか。

曽野　ええ。修身の時間にやりましたよ。全部暗記していました。「親に孝行をつくしましょう」「兄弟姉妹は仲良くしよう」「夫婦はいつも仲むつまじく」など、教育勅語に書かれていることは、ごく当たり前のことばかりです。私はずいぶんひねくれ者ですが、特に反抗的な気持ちになることもなく、素直に受け入れました。実行するわけがないから、平気だったんです。

ケント　しかし戦後は、ＧＨＱが、「ＷＧＩＰ（ウォー・ギルト・インフォメーション・

プログラム）」によって日本人の精神を改造しようとしました。その大きな柱の一つが教育改革による子どもたちの洗脳でした。洗脳とはいわゆる自虐史観を植えつけることで、これにより日本の伝統や文化を否定し、自国の歴史に誇りを持てない教育が行われるようになったわけです。

そしてこれを基に作られたのが、戦後すぐの一九四七年に成立した教育基本法です。それまであった修身の授業がなくなり、教育勅語も否定されました。ＧＨＱの洗脳が行き届いて、教育勅語は国民に天皇崇拝を強要するもので、軍国主義の経典であるかのように扱われたんですね。また日教組がそういう思想を、子どもたちに刷り込んだ。

曽野　まったくね。あの教育勅語を読んで、どうやって軍国主義に染まれるのか教えてもらいたいですよ。「広くすべての人に愛の手を差しのべましょう」とか「知識を養い才能を伸ばしましょう」などという徳目もあったんですよ。子どもたちはみんなああいうものを読んで、自分はどう生きたらいいかをほんのちょっとだけど考えたんです。

ケント　いちばん問題にされたのは、「正しい勇気をもって国のため良心を尽くしましょう」の言葉でした。でも、国家が危険にさらされた時は国のために奉仕せよと、それのどこが問題なのか。これも当たり前のことですよ。

そういう間違った思い込みのおかげで、日本では道徳というだけで、「危険思想」「右翼」と決めつける空気が蔓延して、道徳教育に関してはほぼ思考停止状態でした。それを六十年ぶりに改革したのが第一次安倍内閣です。二〇〇六年、教育基本法が改正され、道徳教育の見直しが始まりました。

そして、それから少し時間はたちましたが、最近やっと道徳の授業が復活したんですよ。これまでも道徳の時間というものはありましたが、今度はちゃんと「特別の教科」として科目に組み込まれ、教科書も導入されました。小学校では二〇一八年度から、中学校では二〇一九年度から行われています。教科書のなかでは一つひとつ事例をあげて、こういう時はどうふるまうべきかなどを具体的に教えているそうです。

現在の教育基本法の第一条には、教育の目的に「人格の完成を目指す」とあります。この人格の完成の基盤となるのが道徳教育です。人間観、世界感、他者とのかかわりなど、道徳には必要なことが凝縮されていると思います。これでいじめ問題などにも出口が見えてくるといいですね。

愛国心と「君が代」「日の丸」

ケント　若者のなかには「君が代」を歌えない人が多いそうですね。アメリカ人の僕でさえ歌えるのに。しかも「君が代」には三種類の曲調があって、自慢じゃないですが、それも全部歌えるんですよ。だから、驚きました。「君が代」や「日の丸」は軍国主義の象徴だというマイナスイメージを植えつけられているんですね。これも戦後教育の洗脳の影響です。自国の国歌を歌えないなんて、とても残念だし情けないことです。

曽野　「君が代」を歌わない。国家斉唱、国旗掲揚の時に起立しない。それが反戦思想や批判精神の表れだと勘違いし、その行為を責められれば今度は「弾圧だ」と息巻くんでしょう。外国でその国の国家が歌われる時に立ち上がらなければ、運が悪いと殴られます。

ケント　アメリカでは星条旗（国歌の題名も星条旗）を否定する人はほとんどいません。七月四日の独立記念日にはどこの家でも国旗を掲げるし、大半の人が国を誇りに思っています。

ＮＦＬ（アメリカンフットボールリーグ）の選手の何人かが、試合前の国歌斉唱の時に起立せず、逆に膝をついたことが大きな問題になったこともありました。それだけで出場停止処分と給料停止を求められたほどで、アメリカ人にとって星条旗はそのくらい神聖なものなんです。ただ後でわかったのは、この選手たちがそんな行動に出たのは、当時頻発した、警察官が武器を持たない黒人市民を射殺するという事件に対する抗議だったということです。とはいえ、やはり星条旗に忠誠を誓わないのは、国そのものを否定する行為に見えてしまいます。そのため最近ではＮＦＬも「望まない者は、国家斉唱が終わるまでロッカールームにとどまる」という新しいルールを作りました。国旗や国歌に対する不敬行為には、そのくらい敏感なんです。

また、あるキャンピングカーの販売会社が巨大過ぎる星条旗を揚げていて、それが「美観を維持する」という市の条例違反だと訴訟になったこともありました。でも、その社長は罰金を払いながら国旗を出し続けていて、大半の市民は彼を応援しているんですね。そのうち条例のほうが改正されるんじゃないかと思います。

曽野　私の場合、途上国に何度も行っているでしょう。文化風習も違うし、土地の言葉も通じない。そんな国で「私はあなたの敵ではありません。むしろお友だちになりたい」と伝える方法は、国歌と国旗に敬意を払うことくらいしかありません。多くはその日食べる物にも事欠き、電気も水道もなく、医療の設備もない疲弊した貧しい国です。でもそんな国だから、かえって人々は自国の国旗と国歌を敬愛しているんです。そうした国々から見れば日本は夢の国ですよ。その夢の国の住人が、自分の国の国歌や国旗に敬意を払えないなんて、彼らが知ったらどう思うでしょうね。

ケント　しかもそういう愚行を先導しているのが教育現場なんですから、あきれます。

曽野　カンボジアでPKO活動をしていた自衛隊の駐屯地へ取材に行ったことがあります。日本からは私以外にもマスコミの記者が大勢来ていました。その時ちょうどお正月で、朝、「君が代」が流れて国旗が揚げられたんですね。でも、記者たちは誰一人立ち上がらず座ったままでした。私、同じ国民として本当に恥ずかしかったですよ。

ケント　日教組教育にまんまとハマった世代でしょう。そういう記者は、たいてい安保法案反対の立場のメディアから派遣されているんです。自衛隊がカンボジアのためにいかに貢献しているかを伝えるためじゃなく、不正があったとか誰かが死んだとか、PKO活動を叩くためのネタを探しているんですよ。

曽野　あらかじめ偏った思惑を持って、それに叶ったことだけを書くなんて。そんなものは取材とは呼べませんね。

ケント　おとり捜査みたいなものですよ（笑）。

とにかく、戦後の日本人に染みついているのは、「君が代」と「日の丸」に忠誠を誓うこと＝右翼というイメージなんです。愛国心という言葉も同じです。だから「あなたは愛国者ですか？」と尋ねると、「とんでもない！」と過剰に反応する。愛国者とは、街宣車に乗って軍歌をガンガン鳴らしている人のことだと勘違いしているのかな（笑）。

ところが、愛国者と言われるのはいやでも「日本が好きですか？」という質問にはたいていの人が「まあ、そうですね」と答えます。つまり、祖国を愛する気持ちはあっても、愛国という言葉には恥ずかしさや後ろめたさを感じるということです。それっておかしくないですか？　僕が若い人に言いたいのは、その罪悪感はいったいどこから来たのか、一度じっくり自分の頭で考えてほしいということです。ぜひそのタブー感覚から抜け出してほしいんです。

もちろん、愛国心も行き過ぎはよくありません。自国ファースト、自分ファーストになって、他文化や他宗教に対する排他主義につながることもあるからです。たとえば、昨今のように何かあるとすぐに「在日のせいだ」などと嫌悪感をあらわにする風潮は、やはり大人げないし情けない。日本人は本来、正義感と礼儀正しさを持った民族です。令和という新しい時代になったのを機会に、ぜひ品位を保ったフェアで健全な愛国心を育ててほしいと思います。

人間には本当の「平等」はあるのか

曽野　日本には「成せば成る」という言葉があるでしょう。たとえば運動が苦手な子でも、努力すればなんとかなる。だから、あきらめるなというわけです。もちろん努力すれば少しは記録が伸びるでしょう。でも、努力すれば誰でもオリンピック選手になれるわけじゃない。いくらやっても報われない努力もある。その意味では、人間は決して平等ではありません。

ケント　確かに一人ひとりの人間は同じじゃない。走るのが速い人、体力がある人、勉強ができる人、絵が上手い人、人間関係が得意な人……など、人にはそれぞれ個性があり、社会はそうした多様性のおかげで成り立っています。

ところが、日本ではある時から学校の運動会で駆けっこをしても順位をつけなくなったというでしょう。すべて横並びにして、「結果の平等」を求めるんですね。でもそれは、個性を認めないという意味で逆に不平等です。学校がやるべきなのは、それぞれの個性の違いを平等に認めて伸ばしてあげること。つまり「機会の平等」です。だいいち駆けっこでビリだったのに「あなたも一番！」と言われたところで、負けた子もべつに嬉しくないでしょう。逆に、本当に一等賞だった子にとっては不平等です。

曽野　確かにそうですね。ただ、私のように戦争を体験した者にとって、「結果の平等」も「機会の平等」もどこか空々しく思えることがあるんです。沖縄を取材していた時に聞いたこんな話があります。

戦争末期、沖縄戦の激戦地となった島尻地方は、あちこち艦砲射撃の弾が飛び交い、安全な場所はもうどこにもない状態だったそうです。そんななかを、旧制女学校の生徒たちが逃げ惑っていました。旧制女学校というのは今の高校二年生までですから、みんな十八歳未満の未成年です。そして一人の生徒が、逃げているうちにT字路にぶつかったんですね。後ろには砲火が迫り、もう後戻りはできません。右へ行くか左へ行くか、彼女は決心しかねるんです。

すると先に逃げた女の子が左へ逃げて、数歩行ったところでくるりとモンペからお尻を出して、道端におしっこをし始めた。どうしても我慢できなかったんでしょうね。そこで後から逃げてきたその彼女は、なんとなくあのおしっこを踏むのはいやだなと考えたのね。だから咄嗟に右へ逃げたんだそうです。すると、その瞬間、左の道に爆弾が落ちた。おしっこをするために立ち止まった少女は、おそらく死んでしまい、後から来た女の子は生き残ったのです。

二人の生死を分けたのは、正義の結果でも何でもない。ただの偶然です。どちらの子も何も悪くない。でも、一人は死に一人は生きるという平等でない結果が起こります。その時期にその場所に生まれ落ちたことすら、すでに平等ではないのかもしれません。この世は不条理ですね。ちょっと精神論になってしまいましたが、だからこそ、今生きていることに感謝し、その時を精一杯生きることしかできないと思うのです。

富裕層は文化の発展に寄与すべき

ケント　一九八〇年に本格的に東京での生活が始まり、もう四十年になります。まだレトロな建物だらけだった丸の内は新しいビルばかりになったし、僕が来た当時「あれが二・二六事件が起きた場所だよ」と教えられた赤坂の山王ホテルも、今は山王パークタワーです。僕は目黒に住んでいますが、あのへんも昔は高層ビルが一つもなくて、目蒲線はありましたが、走っていたのは、確か一車両しかない木造電車でした。

曽野　私も目黒の駅から学校へ通っていました。あのあたりはずいぶん変わりましたね。

ケント　昔ながらの和風建築の家はほとんど見当たりません。京都なども駅はものすごく近代的でしょう。うちの妻なども期待していただけに、駅に着いた時は「なんだ、普通の街なのね」とがっかりしていました。まあ京都の場合は、奥へ行けば古い建物が保存されていますからいいのですが。

曽野　建物は文化的財産ですから、その時代を表すものはもっと残してほしいですね。でも最近では、そういう価値のある建物も見当たりません。

昔、山形にいらしたお金持ちで、こだわり抜いて家を建てたという方がいました。たとえば、和室の天井に杉の板を張るんですが、杉には中心に近い部分に柾目（まさめ）と呼ばれる真っ直ぐな木目があるでしょう。その柾目の間隔が広過ぎてくっきり見えるのは下品で、反対に見えないくらい狭いのはみっともないと。その中間の、ちょうどいい頃合いの柾目が入った板だけを使うんです。

ケント　庶民にはなかなかわかりづらい美意識ですね。

曽野　本当にそう。昔はそういう贅沢があったんですね。日本は戦後、平等になり過ぎました。GHQの指示で財産税が導入され、富裕層はずいぶん財産を失いました。ですから格差がなくなり、突出したお金持ちがいなくなったんですね。

もちろんみんなが揃って豊かになるなら、それはいいことです。ですが、驚くほどのお金持ちの存在も実は必要なんですよ。たとえばフィレンツェでもローマでも、大金持ちのパトロンがいて、宮殿に絵画を描く絵描きに莫大なお金を出したから、あれだけの芸術の街になったわけでしょう。日本も大企業の社長さんなどがもっと自由に贅沢三昧に、豪邸でも庭でも最高水準のものを造ってくだされぱいい。それは後世に残って、立派な観光資源にもなりますからね。そのような文化に富を使っていくのが、お金持ちの使命ではないですか。

ケント　そう考えると、悔しいけれど、お金持ちからあまり税金を取り過ぎてはいけませんね（笑）。東京の南麻布などの高級住宅街でも、昔のような大邸宅を見なくなりました。立派な家は相続税が払えなくて分割されてしまうんですね。街づくりウンヌンといろいろ理想は語られますが、実際は、税法によって街が出来上がっているようなものです。

曽野　うちの場合、家は立派ではありませんが、夫が亡くなった後、「今はどちらにお住まいですか？」とよく聞かれました。相続税が払えなくて、家を売ってどこかへ引っ越したろうと思われているんです（笑）。それが普通なんです。

ルールは時代に合わせて変わるもの

ケント　日本に四十年住んで痛感するのは、日本は本当に住みやすいということです。アメリカの親戚や友人、知人に、よくこう言います。「日本人ほど親切で誠実な国民はいない」、「日本は世界一治安がいいから、旅行に行ってもアメリカ人がトラブルに遭う心配はないよ」と。公共マナーにしても、時間を守る、信号を守る、落とし物を届ける、ゴミは持ち帰る……など、いいところを書き出したらキリがありません。もちろん全員が守っているわけではありませんが、平均的な日本人はたいていこれが普通なのです。

ところが、この日本人の普通が、世界から見ると普通以上でやり過ぎだと感じることもあります。たとえばその一つがゴミの分別です。燃えるゴミ、燃えないゴミ、缶やビンはリサイクルなどとにかく細かくて、正直、面倒くさいなぁと思うこともよくあります。

僕はよくハンバーガーショップを利用するのですが、ここでも紙とプラスチックはゴミ箱が別々で、お客さんがちゃんと分別して捨てられるようになっています。僕もきちんと指示を守っていました。ところがある時、店員さんがゴミを回収するところを見ていたら、なんと紙が入っているゴミ袋に、プラスチックゴミの袋を入れて、袋を一つにしているじゃありませんか。どうせ一緒くたにするなら、なんで分別させるの？　と思いませんか。今まで自分が一生懸命にゴミを分けていたのは何だったのかと思いました。

曽野　お客さんの目の前でやるということは、それがおかしいと感じていないんでしょうね。

ケント　都内の最新の焼却炉は焼却能力が大幅にアップしたので、最近は紙もプラスチックも一緒に燃やしています。だったら最初からハンバーガーショップのゴミ箱も一つでいいはずです。そうすれば客側の手間も省けるし、店員さんの作業も楽になるのに……。おそらく店側は、分別しないと批判されることを恐れているのではないかと思います。あるいは、全国展開しているチェーン店のマニュアルがそうなっているのか。こういうところが日本人は摩訶不思議です。生真面目なのか、融通が効かないだけなのか。ルールを守るのはいいことですが、ルールは時代に合わせて変わるものです。すでに形骸化してしまったルールは、さっさと見直していこうじゃないですか。これは僕からの提言です。

若者よ、もっとチャレンジしよう

ケント 若い人のなかには、将来何をやりたいかわからないという、漠然とした不安を抱えている人もいるようです。でもそういう人に限って、自分が何に興味があるのか、どんなことに向いているのか、あまり真剣に探そうとしていないように見えます。小学校四年生の時の先生は、やっていることがWorthwhile（時間と労力をかけるだけの値打ちがある）かどうか、つねに考えなさいと何度も繰り返し教えてくれました。僕はその言葉を真に受けて、一つの教訓として生きてきたつもりです。

また、僕の法科大学院の先生で、後に最高裁判事にもなった本当に尊敬している人は、限られている貴重な時間の使い方について、鋭いことを言いました。行動の選択肢にあふれている豊かな社会になっただけに、私たちは悪いことをしていないだけではダメです。良い（価値ある）ことをするだけでもダメで、もっと良いことをすることでもダメで、つねに最も価値あることをするべきです、と言っていました。

今の若者は、とにかく朝から晩までスマホを握りしめ、ゲームをしたりラインで友だちとやり取りしたりするのに忙しい。それで何かしている気になっているかもしれませんが、実際は時間を無駄に使っているだけです。本気で自分の生き方を模索するなら、もっと人と会い、行動したほうがいい。何でもいいから、とにかくやってみることを勧めます。

僕も若い頃は「やってみる派」でした。学生時代は、いろいろな部活に首を突っ込んだんです。レスリング——これは体形に合わないので三週間でやめたけれど、ラケットボール、ディベート、アカペラ合唱団……。それから学生新聞部にも所属しました。新聞部ではジャーナリズムというより、鍛えられたのは営業力でした。新聞を発行するにはお金がかかるので、まず自分たちで街の商店主や会社などを回って広告を取ってくるんです。なかにはとても優秀な営業マンもいたので、多くの広告契約が取れました。普通、学生新聞はせいぜい四面程度の紙面構成ですが、うちの学校だけ十六面もあったんです。肝心の記事のほうは薄っぺらでしたから、ほとんど広告です（笑）。でもいい経験でした。

それからアメリカには「ナショナル・オナー・ソサエティ」と呼ばれる全国の学生組織があり、そこにも所属していました。この組織は各校の成績トップ十パーセントの学生だけが入る権利を持つ優等生クラブのようなもので——ちょっと嫌みですね（笑）。ただ、他校の学生たちとも交流が持てるので視野が広がりました。

「運」は積極的につかみ取る

ケント　曽野さんの学生時代はいかがでしたか。

曽野　人間が嫌いなわけでも恐れていたわけでもないのですが、一人でいるのが好きでした。それに私の場合、早いうちから自分がやりたいことがはっきりしていました。

ケント　小説ですか。

曽野　そう。小学校六年生の時からフィクションを書いていました。体が弱かったからスポーツはまるでダメだし、目が悪かったから細かいこともできないでしょう。ですから将来は小説家になるしかないと思っていたんです。ただ、当時は小説家は「恥多い職業」とされていました。特に聖心女子学院は、小説を書くことには正面切って反対の立場でした。私が文集用に書いて提出した初めての小説らしきものも捨てられて行方不明です。先生は「原稿をなくした」の一点張りで、結局文集にも載らなかったし、返してもくれませんでした。

ケント　ひどい話ですね。

曽野　それからも書き続けたのですが、小説家になるにはどうしたらいいかなんて、わからないでしょう。それで高校二年生の時、同人雑誌の集まりに加えていただいたんです。

ケント　その同人雑誌とはどんなものですか。

曽野　同人雑誌そのものは、著名な作家や編集者が自費で刊行する文学誌のことです。当時は作家の登竜門になるような文学賞がほとんどなかったので、こうした雑誌に発表して認められることで、世に出る作家が多かったんですね。同人雑誌を主宰する先生のもとには文学を志す人が集まり、一種のサロンのようになっていました。

ただね、私が参加した集まりにやってくるのは、うんと年の離れたおじさんばかり（笑）。「いつかは俺も小説家になるぞ」とかなんとか言いながら、お酒ばっかり飲んでるの。文学論と称して、自分は書かないくせに、他人の作品を批判してみたりね。私はぽつんと隅っこで話を聞くだけでした。

ケント　自分は弁護士になるんだと言って、八年も十年も司法試験を受け続ける人もいますよ。

曽野　そうでしょうねぇ。私もなかなかチャンスに恵まれないまま、大学生になってしまいました。いくら書いても芽が出ない。それなのにこの道にしがみついているのは、みっともないと思いました。そうして大学三年生の時だったかな、もう小説はやめようとある日決意したんです。

それで、学校の帰りにいつものように夕食の魚を買おうと途中下車した私は、目的の魚屋に寄り、それからふと思いついて本屋にも入りました。小説は書かないと心に決めたけれど、読むだけならいいだろうと思ったんですね。そして、たまたまそこに『文学界』という雑誌があったので、パラパラとめくってみたんです。

その時、目に飛び込んできたのが、評論家の臼井吉見さんという方が私の作品を取り上げ書いてくださった、好意的な書評でした。自分には才能がないから、作家の道はあきらめたばかり。でもその書評を見つけた瞬間、やめるのをやめたんです。

その後は臼井先生に紹介していただいて、私と同年代の人たちが集まる同人雑誌「新思潮」に参加するようになりました。東大の学生やその卒業生たちが主催していた雑誌で、夫、三浦朱門とはそこで知り合いました。作家としてデビューし、小説がちゃんと売れるようになったのは二十三歳の時でした。

ケント　それから約六十年、ずっと書き続けていらっしゃるのだからすごい。もし魚を買いに途中下車しなかったら、もし本屋に立ち寄らなかったら……と考えると、それも運命ですね。人生はどこにどんなチャンスが転がっているかわからない。ですからやはり外に出るのが大事です。家のなかでゲームばかりやっていても、何も起こりません。

曽野　そう。人生をおもしろくするには、あまり遠慮しないこと。私は強欲ですから、お菓子が二つあったら二つとも持ってきちゃいたい（笑）。そのくらいのたくましさで、いただいたチャンスがあれば乗ってみることです。

ケント　僕も似たような考え方です。今までの日本の生活では、自分がやりたいと思ったことはほとんどすべてやりました。自分の人生を考えると、これはとてもいいことでした。もちろん、失敗したこともあります。その失敗が次の成功につながったこともあったし、単なる失敗に終わったこともある。いずれにしても、やってみなきゃわかりません。

誰にでもこの世で果たすべき使命がある

曽野　ケントさんは、神のお召し出しで日本に来たとおっしゃっていましたね。宣教師として活動する場所をご自分で決めていたら、多分、日本は選ばなかった。すると今回、こうして私がお目にかかることもなかったでしょう。やはりこれも運命ですね。

ケント　本当ですね。あの時はまさかこんなに長く日本に住むことになるなど、想像もしませんでした。

曽野　私はキリスト教の学校へ通ったおかげで、何人ものシスターと出会い、親しくおつき合いすることができました。どの人も、元々は普通の生活をしていたのが、ある時シスターという道を選んだんです。

そのなかの一人に、「なぜこの道に一生を捧げようと思ったの？」と尋ねたことがありました。すると答えは、「だって仕方ないのよ、会っちゃったんだもの」でした。「誰と？」「だから神さまとよ」「どこで？」「街角でよ」。そんなこと、信じられます？

シスターと言えば、清楚でもの静かな女性を思い浮かべるかもしれませんが、彼女は、おっちょこちょいでガラッパチで大食いです（笑）。日本には「横町の金棒引き」という言葉があって、井戸端会議でチャキチャキとしゃべり散らすようなおばさんのことなんですが、まさにそういう楽しい性格。素晴らしいシスターというのは、案外こういう人が多いんです。

その彼女が、「神さまと会ったのだから仕方ない」とさらりとご自分の一生を決められた。そんな話を聞くと、私は思うんです。意識するしないにかかわらず、人は誰でも神との出会いに似た「何か」に突き動かされ、今の人生を選んでいるんじゃないかと。そんな神がかった話でなくても、ちょっとしたきっかけで、自分に合った天職に巡り合った人も大勢いるでしょう。

ケント　わかります。知らず知らずのうちに自分の運命をつかみ取る。インスピレーションのようなものですね。先ほどの曽野さんのお話では、「偶然」本屋に入って雑誌を開いたことが、作家としての道が開けた瞬間でした。しかし、偶然というよりも、それまでの曽野さんの努力と強い願望にこたえる神様の導きだったように感じます。ふとひらめいたインスピレーションは大事にすべきですね。

曽野　自分にはやるべきことなど何もないと、あきらめている人もいます。でも、人生には自分で考えた以外のシナリオが、どこかに用意されているかもしれません。ぜひご自分の働ける道を発見していただきたいものです。

あとがき

私は現在、小説家だということになっている。昔から小説家以外の職業・立場のものになろうと思ったことはなかった。

小説家というものは、小なる説を述べることを職業とするものである。小なる説に対して、大説という概念はある。しかし大説家という職種はないし、私は、生まれつき大説家になる才能はない。しかし根性がないから、くどくどと、人を怨み、世を怨む小説家になる素質はあったと思う。それは私の持っていた数少ない才能だったので、私はそれを使って作家になった、というわけだ。指先が器用だったら、「スリになった」と言うつもりはない。しかし人間には「向き」というものがあり、それを選ぶことによって少しは楽に生きることもできる。

ケント・ギルバートさんは、いかにも本来は宣教師になるべき方だったように、強い静かな意志のある方だ。また現在の或る国の「人情」を素早く見抜く才能や能力を持たれる方でもある。

ギルバートさんの「まえがき」ふうに言うと、それが「人力」というものである。氏が現在の日本人の「人力」を過不足なく示してくださったので、この本は完成した。小説家に任せておいたら、決して目配りのきいた評論などできない。小説家が、書く力以外に人よりうまいものがあるとすれば、それは人一倍強い世の中に対する思い込みなのである。もちろん、小説家にはその手の特技があると言えば言えるだけのことだが……。

教えられることの多かった楽しい対談の時間を与えられたことに、私は神に感謝している。

二〇一九年一二月

曽野綾子

著者プロフィール

曽野綾子（その あやこ）

1931年、東京生まれ。聖心女子大学文学部英文科卒業。79年、ローマ教皇庁よりヴァチカン有功十字勲章受章。87年、『湖水誕生』で土木学会著作賞受賞。93年、恩賜賞・日本芸術院賞受賞。95年、日本放送協会放送文化賞受賞。97年、海外邦人宣教者活動援助後援会代表として吉川英治文化賞ならびに読売国際協力賞受賞。2003年、文化功労者となる。1995年から2005年まで日本財団会長を務める。2012年、菊池寛賞受賞。著書に『無名碑』『神の汚れた手』『天上の青』『夢に殉ず』『哀歌』『晩年の美学を求めて』『アバノの再会』『老いの才覚』『人生の原則』『靖国で会う、ということ』『夫の後始末』『私の後始末』『死生論』『人生の醍醐味』『人生の値打ち』『介護の流儀』『納得して死ぬという人間の務めについて』『自分流のすすめ』『不惑の老後』『人間の芯』『人世の終わり方も自分流』『孤独の特権』など多数。

ケント・ギルバート

1952年、米国アイダホ州生まれ、ユタ州育ち。 70年、米ブリガムヤング大学に入学。翌71年モルモン宣教師として初来日。経営学修士号（MBA）と法務博士号（JD）を取得したあと国際法律事務所に就職、企業への法律コンサルタントとして再来日。弁護士業と並行し、83年、テレビ番組『世界まるごとHOWマッチ』にレギュラー出演し、一躍人気タレントとなる。2015年、公益財団法人アパ日本再興財団による『第8回「真の近現代史観」懸賞論文』の最優秀藤誠志賞を受賞。読売テレビ系『そこまで言って委員会NP』、DHCテレビ『真相深入り！虎ノ門ニュース』などに出演中。

近著に『リベラルの毒に侵された日米の憂鬱』（PHP研究所）、『米国人弁護士だから見抜けた日弁連の正体』（育鵬社）、『永田町・霞が関とマスコミに巣食うクズなんてゴミ箱へ捨てろ！』（祥伝社）、『「パクリ国家」中国に米・日で鉄槌を！』（悟空出版）、『本当は世界一の国日本に告ぐ大直言』（SBクリエイティブ）、『性善説に蝕まれた日本 情報に殺されないための戦略』（三交社）、『天皇という「世界の奇跡」を持つ日本』（徳間書店）、『世界は強い日本を望んでいる』（ワニブックス）、『トランプは再選する！ 日本とアメリカの未来』（宝島社）などがある。

日本人が世界に尊敬される「与える」生き方

2020年2月1日　第1刷発行

著　者　　曽野綾子　ケント・ギルバート
発行者　　唐津 隆
発行所　　株式会社ビジネス社
〒162-0805　東京都新宿区矢来町114番地 神楽坂高橋ビル5階
電話　03(5227)1602　FAX　03(5227)1603
http://www.business-sha.co.jp

印刷・製本　大日本印刷株式会社
〈カバーデザイン〉藤田美咲
〈カバー写真撮影〉後藤さくら
〈本文デザイン・組版〉茂呂田剛(エムアンドケイ)
〈構成〉金原みはる
〈編集担当〉山浦秀紀
〈営業担当〉山口健志

ISBN978-4-8284-2146-9